KB074364

웹진『시인광장』선정

2011 올해의 좋은시 100選

웹진 『시인광장』 선정

2011 올해의 좋은시 100選

초판 인쇄 2011년 8월 10일
초판 발행 2011년 8월 15일

지은이 | 김명인·심보선 외 98인
펴낸곳 | 아인북스
펴낸이 | 윤영진
등록번호 | 제305-2008-00019호
주소 | 서울시 종로구 내수동 72
경희궁의아침 3단지 오피스텔 1104호
전화 | 02-926-3018 팩스 | 02-926-3019
메일 | 365book@hanmail.net

ISBN | 97889-91042-39-1 03810

웹진
『시인광장』
선정

아인북스

차례

'천의 얼굴'인 시의 스펙트럼을 드러내는 프리즘

김백겸(시인, 『시인광장』 주간)

——————— '천의무봉天衣無縫'이란 사물의 질서와 모습을 완전하게 드러낸 알레고리입니다. 시나 문장이 기교를 부린 흔적이 없어서 극히 자연스러움을 나타내는 비유로 쓰이지요. 이 알레고리는 재현mimesis미학의 동양식 버전이기도 합니다. 재현미학을 전복한 현대미학은 격물格物로 보는 인식의 틀이 곧 '진리'라는 기준을 마련하고, 적극적인 표현미학을 주장합니다.

포스트모더니즘의 표현미학은 재현미학이 드러내고자 하는 사물의 '참모습', 즉 원본原本은 없다는 입장을 견지합니다. 원본/대상이 없으니 표현미학이 드러내고자 하는 바는 언어/예술의 형식입니다. 원본에 대한 이미지의 우위, 미디어의 텍스트를 모방하는 주체의 삶,시뮬라크르simulacre가 현대미학의 정체입니다. 플라톤이 이데아idea의 복제물인 현실을 다시 복제한 예술품 등을 지칭해서 경멸의 뜻으로 사용한 말입니다.

들뢰즈는 인간이 해석하고 표현하는 창작물이 허구simulacre이지만 인간이 자신의 공간을 역동적으로 창조하는 실천과 자기정체성identity의 확립으로 보는 철학을 확립합니다. 전통철학의 형이상학적 '진리'를 부정한 니체의 사유를 빌려 들뢰즈는 '신'이나 '오이디푸스'로 요약되는 '아버지'의 초월 철학을 부정하고 욕망의 해방, 즉 인간의 무한자유를 지지하는 '유목민'의 탈주를 꿈꿉니다. 들뢰즈는 새로운 기호와 이미지의 '배치'를 통해 만들어지는 시뮬라크르의 세계 '영화cinema'에 인간의 사유보다 우월한 지위를 부여하기도 합니다.

영화 '매트릭스matrix'처럼 가상공간이 '현실'보다 더 '살재實在'처럼 느껴지는 문화 상황을 지지하는 그의 사유는 '가상공간simulacre'이 인간을 새로운 감옥에 가둘 가능성을 간과하고 있습니다. (영화 '매트릭스matrix'는 이런 미래 현실을 비판하고 인간사회의 '원본'을 찾아가는 주인공 '네오'의 스토리입니다. 감독은 영화 속에 지금 우리의 현실이 '초월 세계'의 가상공간일수도 있다는 기독교 형이상학을 알레고리로 숨겼습니다).

만약 들뢰즈의 해석을 지지한다면 시의 미래는 어디에 있을까요. 3D 이미지를 내세운 영화나 게임이 이 시대의 새로운 '시'가 됩니다. 자본의 지원을 받는 수 만 편의 새로운 '입체영상시'가 지구촌 문화를 석권하고 있습니다. 언어로 쓴 시는 이미지의 집중도와 감각의 해상도, 음악의 활용 등 그 어느 분야도 '입체 영상시'의 경쟁이 될 수 없습니다. 시인들은 이 시대의 새로운 시인인 영화감독과 게임프로그래머가 되어야 합니다. 이런 시대 상황의 이데올로기에서 전통적 의미의 시인이 살아남는 길이 있을까요.

제가 생각하기에는 자본과 시뮬라크르의 결합에 대항하는 '원본'과 '인본'가치로의 회귀입니다. 그 원본이 니체와 들뢰즈가 부정한 '초월 가치'이건 인간과 생태를 중심으로 한 '생명가치'이건 고전의 재해석을 통해 인간의 삶과 의미를 새로운 문화 환경에서 창발해야 시의 미래가 있습니다.

『포박자抱朴子』를 쓴 진晉의 학자 갈홍葛洪은 특이한 문학관을 내세웁니다. 당시의 동양 전통에서는 도道를 표현하는 문장文章으로서 재현미학이 중요했지요. 그러나 갈홍은 다음과 같이 말합니다.

'근본根本이 모두 소중한 것은 아니고 말단末端이 반드시 다 보잘 것 없지는 않다. 비유하면 수놓은 비단이 흰 바탕에서 말미암고, 구슬이 진주조개에 깃들이고, 구름과 비가 짧은 바람에서 생겨나고, 장강과 하수가 얕은 물에서 시작하였던 것과 같다.'

즉 사물의 '참모습'과 사본으로서의 표현이 같은 연장延長과 선형線形의 범주임을 주장합니다. 공색空色이 다르지 않고 이기理氣가 한 몸인 것처럼 도현道玄이 같은 '일물一物'의 다른 표현임을 말합니다. 이런 생각은 현상現象을 통해 본질本質을 직관하려는 서구 현상학파의 생각과도 유사합니다.

역사적으로 보면 문화사회적 이데올로기인 지식과 앎은 집단과 인간의 이해관계가 어디 있느냐에 따라 시대 상황의 '진리'를 결정해왔습니다. 인식의 틀을 형성하는 기호와 상징으로서의 언어는 사물을 대리代理하지만 문화적 색안경 때문에 사물의 전체 모습을 드러내지는 못하는 것 같습니다. 기호 밖의 세계는 '존재'를 드러낼 수 없으므로 '꿰멘 자국'이 보이는 언어의 보자기가 곧 세계라는 기호론자들의 주장이 있습니다만 기호론자의 관점일 뿐입니다. 관점과 위치에 따라 사물은 '천의 얼굴'을 쓴 배우의 얼굴을 드러냅니다. 시인은 사물을 언어로 표현하는데 바늘과 실이 튼튼치 않은 재봉사처럼 시를 씁니다. 시인이 쓴 시(언어)는 언제나 '꿰맨 자국'을 보이기 마련입니다.

시인은 시poesie라는 이상한 '데몬demon'의 힘에 사로잡힌 사람입니다. 시가 무엇일까요. 위대한 시인들과 철학가들의 많은 정의를 보았습니다만 어느 것도 '꿰멘 자국'이 있는 보자기 일뿐 시를 온전히 감싼 정의를 보지 못했습니다. 시가 '천의 얼굴'인 자신의 모습을 새로운 시로 계속해서 드러내는 이유이고 시인의 '데몬'이 자신의 목소리를 내는 이유이기도 합니다. 고대 그리스에서 '데몬'은 신과 인간과의 중간적 존재로 사람으로 하여금 이상한 행동을 하는 어쩔 수 없는 심리적 힘이었습니다. 현대 용어로는 '집단무의식'의 언어적 상징으로의 드러남입니다. 괴테는 천재의 특징으로 이 힘을 중시하고 창작의 원동력으로 보았습니다.

『시인광장』은 '데몬'의 에너지와 심리적 표현들인 천 편의 시로 '천의 얼굴'인 시의 스펙트럼을 드러내는 프리즘입니다. 시인의 심리적 분광과 인식의 굴절로 드러난 다양한 개성의 시들은 하이데거의 생각을 빌리면 시와 시창작물의 상위개념인 시poesie의 자기현시입니다. 분광을 종합하면 순수한 '빛'이 되는 현상처럼 『시인광장』은 시의 빛이 모이는 초점이 되고자 합니다. 시의 원천을 태양의 중심이라는 비유를 통해 상상해 볼 수는 있지만 태양의 중심 온도를 인간이 경험할 수 없습니다. 아마도 인간은 시의 원천을 영원히 알 수 없을지도 모릅니다. 그러나 시인들은 세맥細脈의 고동으로 몸의 전체를 진단하는 한의사처럼 자신의 시에 드러난 시poesie의 몸과 혈맥血脈의 고동을 느낍니다. 『시인광장』이 꽃과 열매에 스민 태양의 에네르기를 독자에게 선사하는 시의 밀림이기를 바랍니다.

웹진『시인광장』은 2011 '올해의 좋은 시' 선정을 위해 1차 심사로, '올해의 좋은 시' 1,000편에 수록된 시인들에게 각 100편의 시를 보내어 10편의 추천을 의뢰했다. 1차 추천에 참여한 154명의 시인에게 회신 받은 시를 다득표 순으로 집계하여 최종적으로 2011 '올해의 좋은 시' 100選의 시를 선정했다.

2차 심사로, 선정된 100명의 시인들과 편집위원을 포함하여 웹진『시인광장』에서 위촉한 바 있는 추천 시인들에게 100선에 해당하는 100편의 시를 대상으로 10편의 좋은 시를 추천토록 의뢰했다. 총 79명의 시인이 보내 온 추천작들을 다득표 순으로 집계한 결과 최종 심사에 오를 10편의 시가 선정되었고 2차 본선 10選이 가려졌다.

최종심인 3차 심사는, 7월 2일 오후 3시 인사동 주점 〈시인(詩人)〉에서 웹진『시인광장』주간 김백겸 시인을 심사위원장으로 이형권 평론가, 이성혁 평론가가 심사위원으로 참석한 가운데, 2011 '올해의 좋은 시' 수상자 선정을 위한 최종 심사를 진행했다.

심사위원들은 최종까지 김명인의「문장들」과 심보선의「인중을 긁적거리며」두 편의 작품을 놓고 깊은 숙고 끝에, 위 두 편의 시를 공동수상작으로 결정했다.

올해의 선별 과정과 심사의 다른 점은 전년도와 달리, 시인명과 시인의 프로필 등을 전면 배제한 상태에서 오직 시작품만을 심사에 반영토록 하였다. 문학 경력이나 인지도가 반영되지 않고 오로지 시의 작품성만으로 심사한 결과물로 2011 '올해의 좋은 시' 선정은 그 어느 해보다 민주적이고 공정한 절차로 진행되었음을 거듭 밝힌다.

–조유리 (시인,『시인광장』편집장)

■ 2011 '올해의 좋은 시' 2차 본선 10選 (시인명 가나다 순)

1. 김명인 **문장들** (계간 『세계의 문학』 2010년 여름호)
2. 배한봉 **복사꽃 아래 천년** (계간 『시와 세계』 2010년 여름호)
3. 서안나 **병산서원에서 보내는 늦은 전언** (계간 『시로 여는 세상』 2010년 가을호)
4. 신용목 **슬픔의 뿔** (월간 『문학사상』 2010년 3월호)
5. 심보선 **인중을 긁적거리며** (계간 『문학동네』 2010년 겨울호)
6. 이민하 **거리의 식사** (월간 『현대시』 2010년 7월호)
7. 이상국 **혜화역 4번 출구** (월간 『문학사상』 2010년 5월호)
8. 이영주 **처음으로 타인의 뼈를 만지고** (계간 『문학들 21』 2010년 가을호)
9. 이제니 **나선의 감각** (계간 『실천문학』 2011년 봄호)
10. 진은영 **몽유의 방문객** (계간 『미네르바』 2011년 봄호)

선정 이유

한국 시단의 생생한 현장 시들

웹진 『시인광장』은 1년에 걸쳐 2011년 '올해의 좋은시' 1,000편의 소개를 모두 마쳤다. 100선을 위한 1차 추천에 156명의 시인이, 10선을 위한 2차 추천에는 78명의 시인이 참여했다. 민주적이고 공정한 절차에 의해 시인들이 추천한 다득표 시편들이 '올해의 좋은시' 본선에 올라왔다. 올해부터는 시인의 이름을 무기명으로 하여 유명 시인의 효과가 사라진 선발 과정인 까닭인지 선배 시인부터 중견과 젊은 시인까지 다양하게 10선에 진출하는 경향을 보여주었다. 추천 시인들은 과격한 언어나 형식 실험의 시들 대신에 주제의 깊이를 드러내고 공감에 성공한 시적 표현의 작품들을 주로 추천하였다.

3명의 심사위원이 미리 배포한 후보 작품의 자료를 숙고해서 읽고 각각 3편씩 추천했다. 김명인의 「문장들」과 심보선의 「인중을 긁적거리며」가 심사위원의 전원 추천을 받아 각각 3표, 진은영의 「몽유의 방문객」이 2표, 서안나의 「병산서원에서 보내는 늦은 전언」이 1표를 받았다.

이영주의 「처음으로 타인의 뼈를 만지고」와 이제니의 「나선의 감각」도 새로운 언어로 무장한 감각이 돋보이는 작품들이다. 아마도 젊은 시인들의 추천을 많이 받았으리라 생각한다. 그러나 아쉽게도 주제의 통일과 구성, 시적 완성도의 면에서 심사위원들의 추천을 받지 못했다. 이 시인들의 장점이자 단점이겠지만 표를 얻은 작품들과 시적 경향의 차이가 분명했다.

심사위원들은 최종적으로 김명인의 「문장들」과 심보선의 「인중을 긁적거리며」를 놓고 다시 한 편을 선택해야 하는 난관에 부닥쳤다. 심사위원들은 논의 결과, 2편 모두 놓치기는 아깝다는 공동 의

견과 판단으로 올해는 공동 수상작으로 결정하게 되었다. 선배 시인과 젊은 후배 시인이 모두 작품에 있어서는 동등한 위치의 시인이라는 상징성을 부여하는 의미도 있는 것으로 여겨진다.

시인들은 세계와 사물에 대한 무의식의 흥분과 열정으로 시를 쓰지만 자신의 시를 객관화해서 보기가 어렵다. 『시인광장』의 '올해의 좋은 시' 선정 행사는 많은 시인들에게 타인의 시를 선택하는 과정을 통해 자신의 시 역시 타자의 눈과 마음으로 선택되는 '이중구속'의 경험을 제공했다.

추천 과정에 참가한 시인들은 한국 시단의 생생한 현장 시들을 추천하는 과정과 결과의 참여로 시를 보는 눈의 깊이와 외연이 확장되는 의미있는 체험을 하였으리라 생각한다.

끝으로 웹진 『시인광장』은 수상 시인들과 선정 참여 시인들 모두에게 깊은 감사를 드린다.

– 김백겸 (시인, 『시인광장』 주간)

선정 이유

'시가 많다'와 '시가 좋다' 사이에서의 고민

나는 요즈음 '시가 많다'와 '시가 좋다' 사이에서 고민을 한다. 그런데 두 문장에 대한 나의 해석은 동일하다. '세상이, 시가 시적이지 못하다'라고. 그래서 나의 고민은 양자택일의 갈등보다는 시의 정체성에 대한 고뇌에 가깝다. 전전긍긍, 시의 숲을 헤매면서 현답을 찾다가 두 작품을 만났다.

김명인의 「문장들」은 한 시인으로서의 도저한 자의식이 마뜩한 시이다. 이미 한 '문장'을 이룬 시인이 세상의 많은 '문장들'에 일침을 가한다. "아직도 태어나지 않은 단 하나의 문장!"이라고. "이 문장은 영원히 완성이 없는 인격이다"라고. 세상에는 물론 완벽한

'문장'은 없다. 그러나 그러한 '문장'은 시인의 것을 포함한 세상의 많은 '문장들'을 꿈꾸게 한다. 이 시는 꿈이란 허황된 과장이 아니라 진솔한 성찰일 수 있음을 보여준다. 진중하고 새로운 꿈/문장/시이다.

또한 심보선의 「인중을 긁적거리며」는 인생과 타자에 대한 애정이 뜨거운 시이다. 인생은 "추락하는 나의 친구들"과 "내가 사랑하는 여인"이 있기에 뜨겁게 아름답다. "다친 친구"들을 향한 진지한 우정과 "단 한번뿐인 청혼"을 하고픈 여인을 향한 열렬한 사랑. 이 뜨거움으로 인해 인생이라는 "보잘 것 없는 존재"가 '보잘 것 있는 존재'로의 변신이 가능해진다. 이 시는 "인중을 긁적거리"는 사소한 행위로써 울음과 탄식을 그치고 열정의 인생으로 나아가는 감동을 선사한다. 진지하고 새로운 삶/쓰기/사랑이다.

두 작품을 만난 후에 나의 고민은 '시가 좋다'는 생각으로 모아진다. '좋은 시'라는 것은 역시 성찰과 열정의 산물이라는 생각을 굳혀 본다. 요즈음 문학상이라는 게 적잖이 속화되어 있기는 하지만, '상'이란 일종의 현실과 결부된 제도인 이상, 어쩔 수 없는 운명이라고 생각한다. 두 시인께 축하의 말씀을 드린다.

– 이형권 (문학평론가)

선정 이유

삶과 예술의 비극적 교차와 시적인 것을 통한 윤리의 구제

웹진 『시인광장』 2011년 '올해의 좋은 시' 최종 본선에 올라온 10편의 시를 읽으면서 즐거웠다는 말을 우선 하고 싶다. 각기 독특한 시법을 보여주는 10편의 시 모두 독자의 감응을 이끌어내는 말의 힘을 창출하는데 성공했다고 판단된다. 현 한국시의 풍요로움을 다시 확인할 수 있는 읽기였다. 그래서, 다른 심사위원도 마찬가지였겠지만, 이 시들 중에서 '올해의 좋은 시'를 선정하는 작업은 결코 마음 편한 일은 아니었다.

한 작품을 고르면 다른 작품이 생각나고 또 다른 작품을 고르면 선정 작업에 참여해 준 시인들은 어떻게 판단할까 주저하게 되기도 했다. 배한봉의 「복사꽃 아래 천년」은 정말 눈부신 시였지만, 얼마 전에 '소월시문학상' 수상이 결정되었기 때문에 필자는 그 시를 추천 대상에서 아픈 마음으로 제외시켜야 했다. 문학상은 우열을 가린다기보다는 작가의 노고를 치하하는 성격도 있기 때문에 좀 더 많은 작가에서 골고루 돌아가야 한다는 생각이 들어서다.

그런데 흥미롭게도 세 명의 심사위원 모두가 김명인의 「문장들」과 심보선의 「인중을 긁적거리며」를 추천했고, 최종 선정을 위한 결선 투표를 하기보다는 공동 수상의 형식이 좋겠다는 의견을 받아들였다. 그래서 2011년 '올해의 좋은 시'는 두 편의 시가 선정되었다.

김명인의 「문장들」은 벽화 같은 작품이다. 시인은 한 줄의 문장을 얻기 위해 살아온 시인으로서의 일생을 한 편의 시에 응축시켜 웅장한 스케일로 펼쳐 놓으면서, 끝내 얻지 못한 한 줄의 문장이 갖는 의미에 천착한다. 「문장들」은 깊이와 폭을 갖춘 역작으로, 예술에의 의지와 삶의 비극성의 교차에서 빚어지는 통절함이 녹아들어가 있는 작품이라고 판단된다. 삶의 서사에서 시적인 것을 길러내는 이 작품을 심사자들이 모두 추천한 것은 그만큼 이 작품의 감응력이 강하다는 것을 의미할 것이다.

한편 심보선의 「인중을 긁적거리며」는 10편의 시 중에서 독특한 위상을 갖고 있는 작품이다. 사실 젊은 시인들이 과도한 수사와 표현에서 시적인 것을 확보하고자 하는 편향이 보이는데, 이와는 달리 심보선의 시는 단순한 진술 속에서 감응의 진동을 창출하고 있어서 도리어 특이성을 확보한다. 그의 시는, 산문적인 진술 속에서 오묘하게 '시적인 것'을 연기처럼 대기에 퍼뜨리는 매력을 가지고 있다. 그 '시적인 것'은 단순하나 묻혀버린 감정들, 즉 타자와의 연

대감 더 나아가 사랑에 기초하며, 타자의 존재를 통해 내가 존재한다는 단순한 진실에 기초한다. 「인중을 긁적거리며」도 그러한 감정과 진실을 시적으로 회복하여 독자를 그 진실로 휘감는 힘을 가진 작품이다. 이 시에서 삶의 진실은 직언이나 비유로 표명되지 않는다. 그 진실은, 시인이 말하고 있듯이 "손가락의 삶 – 쓰기로 옮겨" 오는 것으로 기록된다. 이 시인에게는 이 '옮겨 쓰기'가 시적인 것을 창출하는 동력인 듯하다. 심보선은 한국 시에 또 다른 길을 내고 있다. 그 길은 삶의 윤리 – 도덕이 아니라 – 를 시의 공간에 끌어들이면서 조금씩 열린다. 이러한 심보선의 작업에 시단은 주목해야 한다고 생각하고, 또 그 작업에 힘이 되었으면 하는 마음에서 「인중을 긁적거리며」를 '올해의 좋은 시'로 추천했다.

– 이성혁 (문학평론가)

문장들

김 명 인

1

이 문장은 영원히 완성이 없는 인격이다

2

가을 바다에서 문장 한 줄 건져 돌아가겠다는
사내의 비원 후일담으로 들은들
누구에게 무슨 감동이랴, 옆 의자에
작은 손가방 하나 내려놓고
여객선 터미널 유리창 너머로 바라보면 바다는
몇 만 평 목장인데 그 풀밭 위로
구름 양 떼, 섬과 섬들을 이어 놓고
수평선 저쪽으로 몰려가고 있다
포구 가득 반짝이며 밀려오는 은파들!

오만 가지 생각을 흩어 놓고
어느새 석양이 노을 장삼 갈아입고 있다
법사는 문장을 구하러 서역까지 갔다는데
내 평생 그가 구해 온 관주(貫珠) 꿰어 보기나 할까?
애저녁인데 어둠 경전처럼 밀물져
수평도 서역도 서둘러 경계 지웠으니 저 무한대
어스름에는 짐짓 글자가 심어지지 않는다

3

윤곽이 트이는 쪽만 시야라 할까, 비낀 섬 뿌리로
어느새 한두 등 켜 드는 불빛,
방파제 안쪽 해안 등의 흐릿한 파도 기슭에서
물고기 뛴다, 첨벙거리는 소리의 느낌표들!
순간이 어탁되다, 탁, 맥을 푼다
끝내 넘어설 수 없었던 상상 하나가
싱싱한 배태로 생기가 넘치더니 이내 삭아버린다

쓰지 않는 문장으로 충만하던 시절 내게도 있었다
볼만했던 섬들보다 둘러보지 못한 섬
더 아름다워도
불러 세울 수 없는 구름 하늘 밖으로 흐르던 것을,
두 개의 눈으로 일만 파문 응시하지만
문장은 그 모든 주름을 겹친 단 일 획이라고,
한 줄에 걸려 끝끝내 넘어설 수 없었던 수평선이
밤바다에 가라앉고 있다

4

시원(始原)에 대한 확신으로 길 위에 서는
사람들은 어느 시절에나 있다
시야 저쪽 아련한 미답(未踏)들이
문득 구걸로 떠돌므로 미지와 만난다는
믿음으로 그들은 행복하리라
타고 넘은 물이랑보다 다가오는 파도가 더 생생한 것,

그러나 길어 올린 하루를 걸쳐 놓기 위해
바다는 쓰고 지운다, 요동치는 너울이라 고쳐 적지만
부풀거나 꺼져 들어도 언제나 그 수평선이다

5

일생 동안 애인의 발자국을 그러모았으나
소매 한 번 움켜잡지 못해 울며 주저앉았다는 사내,
그의 눈물로 문장 바다가 수위를 높였겠는가
끝내 열지 못한 문 앞에서 통곡한
사내에게도 맹목은, 한때의 동냥 그릇이었을까?

문장은, 막막한 가슴들이 받아안지만
때로 저를 지운 심금 위에 얹힌다
늙지 않는 그리움을 안고 산다면
언젠가는 수태를 고지받는 아침이 올까?

6

어둠 속에 페리가 닿고 막배로 건너온
자동차 몇 대, 헤드라이트를 켜자 번지는 불빛 속으로
승객들이 흩어진다, 언제 내렸는지
허름한 잠바에 밀짚모자, 헝겊 배낭을 맨 사내 하나
어두운 골목길로 사라진다
혹, 문장을 구해 서역에서 돌아오는 법사가 아닐까
그가 바로 문장이라면?

허전한 골목은 닫혔다, 바다 저쪽에서
또 다른 사내들이 헤맨다 한들

아득한 섬 찾아내기나 할까?
일생 처녀인 문장 하나 들쳐 업으려고
한 사내의 볼품없는 그물은 펼쳐지겠지만
어느새 너덜너덜해진 그물코들!
나는 이제 사라진 것들의 행방에 대해 묻지 않는다
원래 없었으므로 하고많은 문장들,
아직도 태어나지 않은 단 하나의 문장!

구름에 적어 하늘에 걸어 둔 그리움 다시 내린다
수많은 아침들이 피워 올린 그날치의 신기루가 가라앉고
어느새 캄캄한 밤이 새까만 염소 떼를 몰고 찾아든다
그 염소들, 별들 뜯어 먹여 기르지만
애초부터 나는 목동좌에 오를 수 없는 사내였다!

계간 『세계의 문학』 2010년 여름호 발표

수상 소감

나의 사건이 나도 모르게 진행되어 느닷없이 통보된 이 결과를, 나는 지금 다소 어리둥절한 느낌으로 소화하고 있다. 수상에 관여한 여러분에게는 참으로 미안한 일이지만, 찬찬히 곱씹을 여유가 있었다면 아마도 이런 번거로움에 말려들지 않으려 했을 것이다. 소문에도 지극히 둔감하므로, 이 일을 누가 일깨우지만 않았다면 나도 모르는 사건으로 지나쳐버리고 말았으리라.

지난 몇 년간 나는 시 쓰는 집중력을 제대로 모아보지 못했다. 직장 일이며 칭병(稱病) 등으로 내 게으른 시작(詩作)의 구실을 삼았다. 그러고 보니 「문장들」은 시의 자리로 돌아가고 싶었던 간절함이 반영된 작품이다.

요즈음은 그동안에 밀쳐두었던 묵은 잡지며 시집들을 열심히 독파하고 있다. 모르는 사이에 우리 시들이 존재와 현실의 고통스러운 갈등보다는 관계나 형식 등에 지나치게 관심을 보이고 있음을 새삼스럽게 발견한다. 그 파편화된 기호들과 씨름하다보면 시를 음미하려는 다짐조차 희미하게 실종되어 버린다. 읽히는 시라 해도 사소한 일상사나 고답적인 풍경들과 자꾸만 마주치게 되니 내내 실망한다.

내 시도 아마 그럴 것이다. 다만 방법이 아니라 삶의 그늘진 내력을 따라가 보겠다는 결심만이 여전할 뿐! 내 낡은 서정을 인내해 주는 독자들이 고마울 따름이다.

김명인—경북 울진 출생. 1973년 《중앙일보》 신춘문예 등단. 시집 『파문』 외. 〈소월시문학상〉, 〈편운문학상〉 등 수상.

인중을 긁적거리며

심보선

내가 아직 태어나지 않았을 때,
천사가 엄마 뱃속의 나를 방문하고는 말했다.
네가 거쳐 온 모든 전생에 들었던
뱃사람의 울음과 이방인의 탄식일랑 잊으렴.
너의 인생은 아주 보잘것없는 존재부터 시작해야 해.
말을 끝낸 천사는 쉿, 하고 내 입술을 지그시 눌렀고
그때 내 입술 위에 인중이 생겼다.*

태어난 이래 나는 줄곧 잊고 있었다.
뱃사람의 울음, 이방인의 탄식,
내가 나인 이유, 내가 그들에게 이끌리는 이유,
무엇보다 내가 그녀를 사랑하는 이유,
그 모든 것을 잊고서
어쩌다 보니 나는 나이고
그들은 나의 친구이고
그녀는 나의 여인일 뿐이라고
어쩌다 보니 그렇게 된 것 뿐이라고 믿어 왔다.

태어난 이래 나는 줄곧
어쩌다 보니,로 시작해서 어쩌다 보니,로 이어지는
보잘것없는 인생을 살았다. 그러나
어떻게 하면 깨달을 수 있을까?
태어날 때 나는 이미 망각에 한 번 굴복한 채 태어났다는
사실을, 영혼 위에 생긴 주름이

자신의 늙음이 아니라 타인의 슬픔 탓이라는
사실을, 가끔 인중이 간지러운 것은
천사가 차가운 손가락을 입술로부터 거두기 때문이라는
사실을, 모든 삶에는 원인과 결과가 있고
태어난 이상 그 강철 같은 법칙들과
죽을 때까지 싸워야 한다는 사실을.

나는 어쩌다 보니 살게 된 것이 아니다.
나는 어쩌다 보니 쓰게 된 것이 아니다.
나는 어쩌다 보니 사랑하게 된 것이 아니다.
이 사실을 나는 홀로 깨달을 수 없다.
언제나 누군가와 함께……

추락하는 나의 친구들:
옛 연인이 살던 집 담장을 뛰어넘다 다친 친구.
옛 동지와 함께 첨탑에 올랐다 떨어져 다친 친구.
그들의 붉은 피가 내 손에 닿으면 검은 물이 되고
그 검은 물은 내 손톱 끝을 적시고
그때 나는 불현듯 영감이 떠올랐다는 듯
인중을 긁적거리며
그들의 슬픔을 손가락의 삶-쓰기로 옮겨 온다.

내가 사랑하는 여인:
삼일, 오일, 육일, 구일……
달력에 사랑의 날짜를 빼곡히 채우는 여인.
오전을 서둘러 끝내고 정오를 넘어 오후를 향해
내 그림자를 길게 끌어당기는 여인. 그녀를 사랑하기에
내가 누구인지 모르는 죽음,
기억 없는 죽음, 무의미한 죽음,

내가 가장 두려워하는 죽음일랑 잊고서
인중을 긁적거리며
제발 나와 함께 영원히 살아요,
전생에서 후생에 이르기까지
단 한 번뿐인 청혼을 한다.

* 탈무드에 따르면 천사들은 자궁 속의 아기를 방문해 지혜를 가르치고 아기가 태어나기 직전에 그 모든 것을 잊게 하기 위해 천사는 쉿, 하고 손가락을 아기의 윗입술과 코 사이에 얹는데, 그로 인해 인중이 생겨난다고 한다.

계간 『문학동네』 2010년 겨울호 발표

수상 소감

나는 아직도 잘 모르겠습니다. 나의 손가락을 움직이게 하는 것이 영감인지, 욕망인지, 슬픔인지, 기쁨인지, 혹은 그저 습관인지. 어쨌든 나는 백지 위에 손가락을 움직여 첫 단어를 씁니다. 그 첫 단어는 점과 줄로 이루어진 하나의 작은 미로 같습니다. 그리고 때로 나는 그 단어 하나 속에서 길을 잃습니다. 그 작은 미로는 출구를 갖고 있지 않습니다. 아니 실은 내가 출구를 못 찾는 것일 수도 있지요. 출구를 영영 못 찾을 때, 나는 그것을 지워버립니다. 그때 나는 그 단어 속에 담겨 있는 영감, 욕망, 슬픔, 기쁨, 습관까지 한꺼번에 지워버립니다. 그렇게 나의 손가락을 움직이게 한 운동들이 단어 하나와 함께 소멸합니다.

때로는 출구를 찾습니다. 몇 초 만에 찾기도 하고, 몇 분이 걸리기도 하고, 몇 시간이, 몇 날이 걸리기도 합니다. 그러면 나는 다음 단어로 나아갑니다. 또 하나의 미로인 다음 단어로. 그렇게 하나의 문장이, 행이, 연이, 시가 완성됩니다. 그러나 그걸 완성이라고 부를 수 있을까요? 나는 조금 더 커다란 미로 하나를 빠져나왔을 뿐입니다. 그리고 또 다른 미로로, 이번에는 더 거대할 지도 모르는 미로로 나아가야 하는 겁니다.

나는 아직도 잘 모르겠습니다. 내가 한 편의 시에서 한 말을 과연 완성된 말이라고 부를 수 있는지. 나는 언젠가 말했습니다. 나는 말로 못한 것을 글로 쓴다고. 그러나 그것은 틀린 말입니다. 한 편의 글을 마무리 할 때마다 언제나 더 많은, 다 하지 못한 말이 생겨납니다. 그러므로 나는 계속해서 다시 쓰는 것입니다. 나는 내가 쓸 수 없는 것을 위해 다시 쓰는 것입니다.

나는 아직도 잘 모르겠습니다. 한 편의 시에 상을 주는 것이 온당한 일인지. 나는 그저 하나의 미로를 빠져나왔을 뿐인데...... 그것은 칭찬 받을 일도, 격려 받을 일도 아닌데...... 또 다시 다 하지 못한 말을 찾기 위해 또 다른 미로 속으로 나아가야 하는데.......

그러나 생각해보면 이 상은 다 함께 미로를 찾는 자들이 제게 준 선물입니다. 우리는 각자 찾은 미로를 서로에게 보여주면서 이렇게 말합니다. "당신의 미로 속에는 어마어마한 운동이 있군요. 좋아요. 아주 좋아요. 이제 그 운동을 어깨 위에 짊어지고 또 다시 출발하세요." 그리고 우리는 나아갑니다. 우리가 함께 나아가는 그 모든 미로들은 결국 비참하기 그지없는, 그러나 사랑하지 않을 수 없는, 이 세계를 이해하고, 극복하고, 확장하는 길이라고 나는 믿습니다. 그 믿음을 우리들 미로 제작자들은 공유하고 있습니다. 그 믿음의 이름으로 이 상을 감사히 머리 숙여 받겠습니다.

심보선—서울 출생. 1994년 《조선일보》 신춘문예 등단. 시집 『슬픔이 없는 십오 초』

시란 본질적이며 궁극적이라는 오랜 믿음을 반영하다

—수상자와의 대담 : 김명인 시인

□ **김명원** : 선생님, 반갑습니다. 2011 '올해의 좋은 시' 상 수상자로 선정되셨는데요. 그간 여러 문학상을 받으셨지만, 웹진 『시인광장』에서 기획한 작품상은 시인들이 수상작을 고르기 위해 까다로운 선별작업에 직접 참여했다는 데 의의가 있다고 하겠습니다. 우선 좋은 작품을 저희 웹진에 리뷰하도록 배려해 주신 점에 감사드리고, 아울러 수상을 축하드립니다. 수상에 대한 소회랄까요, 한 말씀 부탁드립니다.

■ **김명인** : 「문장들」을 천거해 수상작으로 뽑아 주신 여러분께 감사드립니다. 선고에 관여하신 분들께는 미안한 일이지만, 그간의 전말을 살펴볼 여유가 있었더라면 아마도 이런 번거로운 과정에는 말려들지 않으려 했을 것입니다. 문학상을 상업적인 절차로 수식해서 복잡하게 꾸민 어떤 요청을 물리친 직후라, 나도 모르게 진행되어 온 이 순전한 결과는 받아들여도 괜찮지 않을까 생각했습니다. 사실 나는 지난 몇 년간 시작詩作에의 집중력을 제대로 모아보지 못했습니다. 직장 일이나 칭병稱病 등이 그 구실이었지요. 「문장들」은 시의 자리로 돌아가 몰두해 보려는 간절함이 반영된 작품이라, 여러분들의 주목이 내게도 각별하였습니다.

□ **김명원** : 수상작인 「문장들」은 시업을 운명처럼 짊어지고 진정한

문장을 찾아 바다로 떠나 온 시인의 절박함과 스산함을 잘 형상화하고 있는 수작인데요. 왠지 저는 이 시를 읽으면서 보르헤스의「궁전에 관한 우화」를 떠올리게 되었습니다. 이미 유실된 단 하나의 완전한 문장을 찾기 위해 부단히 애쓰는 시인들의 행보가 가슴 저몄다고 할까요? 이 시를 쓰시게 된 배경이랄까요, 시상이랄까요, 궁금합니다.

■ 김명인 : 그러고 보니 이 작품이 보르헤스의「궁전에 관한 우화」를 연상시킨다는 것을 새삼스럽게 깨닫습니다. 보르헤스에 의하면 시란 전체이고 세부이면서 그 모든 것입니다. 그것은 시인에게 불멸의 이름과 죽음을 선사한다는 점에서 치명적이지만, 그때그때의 무의식에서 솟구치는 본질이라는 점에서 우주적이기도 합니다. 그런 의미에서 김수영의 "우주의 완성을 건 한 자字의 생명(「꽃잎 3」)"이라는 언급도 의미심장하지요. '문장들'은 잃어버린 완성을 찾아 미로 속을 헤맨다는 영원한 우화의 운명과 겹쳐서 새길 수 있는 것입니다.

그러나 세상의 우화들이 그러한 것처럼 어떤 보편성이「문장들」에서 환기된다고 해서 보르헤스나 김수영이 이 시의 출발점은 아니었습니다.「문장들」은, 시란 본질적이며 궁극적이라는 나의 오랜 믿음을 반영한 작품이지요. 세상에 없는 유일한 원본을 찾아 헤매는 것은 시인들의 대大 로망이 아니겠습니까? 이 작품과 관련해서 보르헤스나 김수영을 떠올려보는 것은 질문지를 받고난 뒤부터입니다.

□ 김명원 :「문장들」의 내용에 대한 질문입니다. 이 시는 시에 대한 근원적인 탐색을 제시하고 있지요. 선생님께서 피력하신 "쓰지 않는 문장"과 '쓰여진 문장'에 대한 간극을 설명해 주셨으면 합니다. 시적 화자가 고백한 "쓰지 않는 문장으로 충만하던 시절"과 '이미 쓴 문장들로 허기진 시절' 사이에서의 심적 방황이 서늘하거든요.

■**김명인** : 시적 가능성과 그 실현에 관한 문제라면 어떨까요? 단 하나의 '문장'으로 이루어진 절대의 시詩더라도 언표言表되지 않는 한, 우리는 그것을 시작품이라고 부를 수 없습니다. 시는 불가지적 원형을 가시可視의 세계로 이끌어내는 정신활동의 결과이며, 그 가치는 드러난 존재의 개별적인 형상성으로 가늠되는 것입니다. 그런데 선시적先詩的인 혼돈을 언어로 매개할 때, 여간한 긴장 없이는 그 나름의 질서를 부여하기 어렵습니다. 말할 나위 없이 시는 표현되는 순간에 이미 불가피하게 매재媒材의 간섭을 받아들이게 됩니다. 사실 매재란 최초의 형상을 구현하는 데 방해가 되는 불순한 질료들이기도 하지요. 그런 까닭에 시인에게는 이런저런 장애를 돌파해 완성으로 나아가려는 열망이 솟구쳐 오르는 것이며, 또 그것을 실현시켜 보려는 치열함과 끈질김이 따르게 됩니다. 그러나 인간은 절대를 흠모하는 불완전한 존재일 뿐이지요. 그러므로 그의 목표가 끝내 도달될 수 없다는 사실도 함께 자각하는 것입니다.

□**김명원** : 시인이란 끝내 도달점이 없는 길 위에서 문장을 찾아 헤매야 하는 존재인가요? 문득 주어 든, 혹은 찾게 된, 여정에서의 문장에는 인격을 인정할 수 없는 것인지요? "이 문장은 영원히 완성이 없는 인격이다."라는 초입에서의 단정이 명료하기도, 아프기도 하였습니다.

■**김명인** : '문장'을 찾아 나선 탐색의 도정에 선 구도자라면 어떤 권위에게도 쉽사리 예를 표할 수 없습니다. 왜냐하면 그가 자각하는 절대란 자체가 예禮인, 전인격적인 존재일 테니까요. 그리하여 이 불가능한 목표에 끝내 도달하지 못하고, 미로 속을 헤매다 마칠 운명임을 예감한다하더라도 그의 희구는 일생 동안 그를 긴장시킬 것입니다.

□ **김명원** : 시 창작상의 질문인데요. 비교적 긴 6장으로 이루어진 장시를 쓰실 때의 구성을 미리 계획하셨는지요?

■ **김명인** : 이 시는 처음부터 시종始終이 함께 일깨워진 작품입니다. 구상이나 계획을 갖고 쓴 시가 아니라는 뜻이지요. 이태 전 가을, 남해안의 어느 항구에서 지난밤의 과음으로 숙취한 몸을 추스르면서 한나절을 혼자서 여객선 터미널 의자에 쭈그리고 앉아있었을 때, 문득 떠올렸던 시의 전모全貌인 것입니다. 물론 부분 수정은 했었지요. 그러고 보니 제 시의 대부분은 어디로부터 불현듯 날아와서 얼결에 나를 수태자의 위치로 만들어 버리는 경우가 많습니다. 처음부터 장악하며 쓴 시라면 짜임새가 더 있었을까요?

□ **김명원** : 선생님의 작품들에 유난히 물 이미지가 많은 것은 익히 알고 있는데요. 「문장들」도 바다에 귀착한 한 시인의 고달픈 시적 항로를 펼쳐 보이고 있다는 점에서 물이 주는 시원성에 닿고 있습니다. 선생님께서는 문학을 하는 이유에서, 시를 향했던 원초적인 그리움이 태생의 환경과 전혀 무관하다고 할 수 없으며, 바다와 산맥으로 가로막힌 고향 영동의 기막힌 자연과 척박한 사람살이, 그리고 유년시절의 배고픔을 통해 일깨워진 본능적 감각과 일상으로 마주쳐야 했던 무한도피에의 열망을 자극하던 가없는 바다, 동해를 들고 계십니다. 바다는 선생님에게 어떤 존재인가요?

■ **김명인** : 주지하다시피 내가 태어난 곳은 동해의 궁벽한 바닷가입니다. 나는 어려서부터 눈높이에 걸려 출렁대던 수평선이나, 해안선을 둘러 띠처럼 펼쳐진 명사십리, 그 뒤로 깎아지른 듯 솟아오른 태백준령들과 마주하며 자랐습니다. 그 물과 그 산맥은 건너고 넘을 수 없다는 점에서 어린 나의 무의식 속에 일종의 경계로 각인되었을 것입니다. 특히 바다는 내 시의 주된 심상이었습니다. 물은 물이되 마실 수 없는 물, 바다. 그 광활함과 광포함으로 늘 외경의 대

상이 되었던 동해는 깊이 모를 심연을 동반하고서 줄곧 내 곁에, 그렇게 있었습니다. 그러고 보니 나는 바다를 두고선 경계의 인간이었습니다. 그리하여 오늘에 이르기까지 나는 이 태생의 무의식을 벗어버리지 못하는 것입니다. 내 시가 줄기차게 바다를 변주해 왔다고 해도 조금도 이상하지 않다고 하겠습니다.

□ **김명원** : 앞으로의 계획이 있다면, 들려 주셨으면 합니다.

■ **김명인** : 특별한 계획을 세우지 말자는 게 요즘의 설계입니다. 한 학기 뒤면 정년이라, 내년부터는 지금보다 일상이 다소 느슨해지겠지요. 그 남는 시간들에는 여기저기 많이 떠돌고, 심심해지지 않도록 몇 권 책이나 집중해서 읽어볼까 합니다.

□ **김명원** : 끝으로 거듭 수상을 축하드리며, 바쁘신 중에 좋은 말씀 감사합니다.

—김명원(시인, 웹진 『시인광장』 편집위원)

시를 쓰는 순간은 시를 쓰지 않는 시간 위에 떨어지는 물방울 같은 것

—수상자와의 대담 : 김미정 시인

□ **김미정** : 안녕하세요? 우선 2011년 제4회 웹진 『시인광장』 '올해의 좋은 시'상 수상자로 선정되신 것을 축하드립니다. 수상 소감을 한 말씀해 주세요.

■ **심보선** : 무엇보다 시인들이 제게 선사해 준 상이라 기쁩니다. 같은 답을 공유하고 있는 사람들이 아니라 같은 질문을 공유하고 있는 사람들이 제게는 동료입니다. 그래서 이 상에는 제가 모르는 동료들의 미소가 담겨 있는 듯합니다. 영예나 찬사가 아니라.

□ **김미정** : 이번 수상 작품 「인중을 긁적거리며」는 "인생과 타자에 대한 애정이 뜨거운 시이며, 진지하고 새로운 삶/쓰기/사랑으로 열정의 인생으로 나아가는 감동을 선사한다." 평이 있는데요. 이 시를 쓰게 된 배경이나 이야기에 대해 듣고 싶습니다.

■ **심보선** : 이 시에는 제게 중요한 세 사람이 담겨 있습니다. 사랑하는 사람. 그리고 두 명의 다친 친구들. 이들과의 만남, 이들과의 대화를 통해 시가 쓰였습니다. 이들은 제게 삶과 글쓰기에 대해 영감을 주었습니다. 기쁨과 슬픔을 동시에 안겨주었습니다. 저에게 용기를 주었고 저를 부끄럽게 하기도 했습니다. 그런 의미에서 저는

이 시를 그들과 같이 썼다고 말할 수 있을 것 같습니다.

□ **김미정** : 심 시인의 작품 세계를 살펴보면 "산문적인 진술 속에서 오묘하게 '시적인 것'을 연기처럼 대기에 퍼뜨리는 매력을 가지고 있다."고 합니다. 읽는 독자로 하여 우수에 젖은 안개 같은 시공간을 창출하거나, 느리게 흘러가는 구름을 산등성이에 누워 바라보는 순간, 진공의 유리병 같은 느낌을 받곤 합니다. 이러한 자신만의 시 세계에 대해 어떻게 생각하시는지요?

■ **심보선** : 제가 제 시세계에 대해 이야기하는 것은 쑥스럽기도 하거니와 제 몫이 아닌 것 같습니다. 다만 이렇게 말할 수 있을 것 같습니다. 저에게는 문학이란 어쨌든 독특한 대화의 방식입니다. 그런데 엄밀히 말하면 이 대화의 화자는 제가 아닙니다. 저는 제가 하나의 세계를 창조했다고 생각하지 않습니다. 다만 저는 현실의 비참 너머로 어떤 세계로 나아가려 하고 그 과정에서 대화 상대를 찾고 불러들입니다. 궁극적으로 이 세계는 제게 낯설고 대화의 상대들은 내가 아닌 타자입니다. 그렇기 때문에 제 발걸음은 흔들리고 제 목소리는 떨립니다. 여기서 어떤 공기의 진동이 만들어질 수 있다고 봅니다. 그 진동이 어떤 공명을 만들 수도 있다고 봅니다. 이러한 진동과 공명은 독자들의 공감 능력, 해석 능력으로 번역될 수 있을 것입니다.

□ **김미정** : 1994년 조선일보 신춘문예 등단과 『슬픔이 없는 십오 초』 시집을 발간 이후 활발한 문단 활동을 하고 계신데요, 독자들을 위해 처음 시를 쓰게 된 동기랄까, 시가 시인에게 처음 닿았을 때에 대해 듣고 싶습니다.

■ **심보선** : 고등학교 때 제가 짝사랑하는 국어 선생님이 시 쓰는 학생을 좋아한다는 사실을 알고 시를 쓰게 되었습니다. 그런데 그 선

생님에게 시를 보여준 적은 없었지요. 다만 그 과정에서 시 쓰는 재미를 알게 되었습니다. 심장이 반응하고 몸이 움직였습니다. 시를 쓴다는 것은 분명히 제 능력 바깥의 일인데, 그럼에도 그 무능력을 극복하려는 의지 같은 것이 계속 작동했습니다. 손가락을 멈출 수가 없었습니다. 시를 쓴다는 것은 저에게 거의 기적 같은 일이었습니다. 매번 한편의 시가 써진다는 사실이 경이롭기만 했습니다. 한 편으로는 아직 멀었구나, 하는 좌절도 수반되었습니다. 그러니 계속 쓸 수밖에 없었죠.

□ 김미정 : 선생님의 이력을 먼저 알고 시를 보면 저항시, 민중시가 아닌 것에 반전의 느낌을 받습니다. 시세계를 살펴보면 고립되거나, 불안하고 우울한 정서의 주춧돌이 보이는데요. 『슬픔이 없는 십오 초』는 어떻게 쓰인 시인가요? 등단하고 꽤 오래 있다가 시집을 출간 하셨는데 늦어진 이유도 같이 말씀해 주시지요.

■ 심보선 : 역시 등단 후 저의 무능력을 확인한 후 시 쓰기를 멈추었습니다. 하지만 완전히 멈춘 것은 아니어서 유학을 간 후 간간이 시를 썼습니다. 세상이 맘에 안 들고 제 자신도 맘에 안 들었습니다. 그런데 시를 쓰면 세상을 사랑하고 제 자신을 사랑할 수 있을 것 같았습니다. 그때 시는 치유이기도 했고 싸움이기도 했습니다. 느린 행보로 시를 썼고 귀국 후에는 발표 기회가 생겨 더 시를 쓰게 되었고, 그 시들이 시집 한권의 분량이 되었습니다. 사회학과라고 해서 저항시, 민중시를 써야한다는 건 편견이라고 봅니다. 언젠가 소위 노동시를 쓰는 선배가 그런 말을 한 적이 있습니다. "내 안에는 더 많은 것들이 있다." 사람은 언제나 보이는 것 이상입니다. 왜냐하면 사람은 언제나 세계와 관계를 맺으면서 느끼고 사유하는 존재이기 때문입니다. 그런 이유로 사람은 언제나 눈에 보이지 않는 초과 상태로 존재합니다. 저에게 시는 그 보이지 않는 초과 상태를 보이게 표현하는 것입니다.

ㅁ**김미정** : 선생님 시에 보면 사랑을 "이상한 기근"이라고 표현한 부분이 있습니다. 이는 연애를 해 본 사람은 누구나 느끼는 감정이 아닐까 싶은데요. 연애시도 종종 쓰시는 선생님께 사랑은 어떤 의미인가요?

■**심보선** : 은유적으로 말하면 사랑은 인간이 신에게서 빌려온 유일한 단어입니다. 사랑을 제외한 나머지 모든 단어들은 인간의 발명품이고요. 사랑 때문에 인간은 할 수 없는 것을 하고, 말할 수 없는 것을 말하고, 쓸 수 없는 것을 쓴다고 생각합니다.

ㅁ**김미정** : 결핍이 시를 쓰게 한다는 말이 있습니다. 혹 시인이 시를 위해 슬픔을 간직하거나 또는 슬픔에서 벗어나지 않으려는 태도는 정당하다고 생각하시는지요? 그리고 "노래가 아니었다면 우리는 생의 완벽을 꿈도 꾸지 못했으리"라는 시 부분도 있는데 슬픔 속에서 삶의 위안을 얻을 수 있는 방법이 무엇이라고 생각하십니까?

■**심보선** : 시인은 슬픔 속에 있는 사람이 아니라 슬픔을 지시하는 사람이라고 봅니다. 이 가리킴 자체가 실은 위로일 수 있겠습니다. 시의 위로가 있다면 그것은 괜찮아, 곧 나아질 거야, 라는 식의 위로가 아닙니다. 슬픔 속에 있는 사람에게 슬픔은 그저 하나의 감정입니다. 하지만 슬픔이라고 말하는 순간 그 슬픔은 하나의 풍경으로 다가오게 됩니다. 이 풍경을 바라보고 그 풍경에 다가가려 할 때, 원래의 슬픔이 아닌 또 다른 슬픔을 맛보게 됩니다. '슬픔 속에서 벗어나 슬픔을 맛보기' 이것이 시의 위로입니다. 나는 누가 이렇게 말하는 것을 들은 적이 있습니다. "세상에는 참 슬픔이 많다." 이 말은 "세상은 참 슬프다."와는 다른 말입니다. 앞의 말은 시적입니다. 아름다워서가 아닙니다. 슬픔을 서술하는 것이 아니라 지시하기 때문에 시적인 것입니다.

□ **김미정** : 시인에게는 시를 쓰지 않고는 견딜 수 없는 순간들이 오곤 합니다. 그 쓰지 않으면 안 되는 순간이 시인에게는 어느 순간인가요?

■ **심보선** : 시인에게는 쓰지 않는 시간이 쓰는 시간보다 훨씬 더 깁니다. 그 점에서 소설가와 다릅니다. 쓰지 않는 시간이 훨씬 더 많기 때문에 결국 시인으로 존재하기 위해 쓰지 않으면 안 되는 순간이 오는 것입니다. '시를 쓰지 않는 그 긴 시간에 나는 시인이야'라고 생각하는 사람이 얼마나 될까요? 아마 그렇게 생각하다가도 시를 안 쓰는 시간이 길어지면 곧 '나는 시인이 아닌가 봐', 라고 생각하게 될 겁니다. 시를 쓰는 순간은 시를 쓰지 않는 시간 위에 떨어지는 물방울 같은 것입니다. 그 물방울을 받아먹는 사람이 어쩌면 시인입니다. 하지만 어쩌다 떨어지는 그 물방울을 놓치는 경우도 많습니다. 모든 시인은 가까스로 시인입니다. 쓰지 않으면 안 되는 순간조차 시를 안 쓰는 시간에 쉽게 휩쓸려 버릴 수 있기 때문입니다.

□ **김미정** : 대학에서 강의도 하고 계신 것으로 알고 있는데요. 시를 공부하는 여러 학생들이나 시인을 꿈꾸는 사람들에게 꼭 전하고 싶으신 말씀 부탁드립니다.

■ **심보선** : 자신의 능력과 무능력 사이에서 번민하지 않았으면 합니다. 만약 뭔가를 확신하려거든 차라리 무능력을 택하기 바랍니다. 그럼에도 쓰기를, 계속 쓰기를 권합니다. 그리고 쓰기를 삶으로부터 분리시키지 않기를 권합니다. 또한 자신의 삶을 타인과 세계로부터 분리시키지 않기를 권합니다. 다시 말하지만 시는 대화의 한 방식이니까요.

□ **김미정** : 앞으로의 새로운 계획이나 희망에 대해 이야기해 주세요.

■ **심보선** : 특별한 계획이나 희망은 없습니다. 바라는 것이 있다면 삶과 시가 맞물린 채 서로가 서로를 확장시켜 나갔으면 하는 겁니다.

□ **김미정** : 더욱 뜨거운 문학의 열정으로 활발한 활동을 기대하며 문운과 건강이 가득하길 바랍니다. 바쁘신 가운데 시간을 할애해 주셔서 진심으로 감사드립니다.

—김미정(시인, 웹진 『시인광장』 편집위원)

과장하지 않은 시의 표현과 자연스러운 아름다움

──────── 웹진 『시인광장』에 발표한 총 157명의 신작시 필진과 추천위원들의 추천 결과, 다득표로 올라온 11편의 시를 대상으로 주의 깊게 읽었다. 모두 개성 있는 작품 세계를 보여주고 있으나 선자가 보다 깊은 시 정신에 인상 깊게 경도된 작품은 다음 4편이었다.

기혁의 「내간(內簡)」, 김경인의 「아무도 피 흘리지 않는 저녁」, 오주리의 「쿠바로 가는 기차는 없다」, 조동범의 「아가씨」. 어떤 작품을 선택해도 『시인광장』이 신작시 작품상을 제정한 취지와 정신에 손색이 없는 작품들이었다.

『시인광장』 우원호 대표가 정한 기본 원칙에 의해 단독 심사위원으로 참여한 선자는 여기서 고민에 빠졌다. 시 선정의 책임과 결과는 오로지 선자의 몫이기에.

숙고 결과, 김경인의 「아무도 피 흘리지 않는 저녁」을 제1회 신작시 작품상으로 선정했다. 이 작품은 다른 3편의 작품에 비해 수사의 화려함이나 주제의 새로움이 돋보이는 작품은 아니다. 그러나 과장하지 않는 시의 표현과 자연스러운 리듬은 에밀리 디킨슨의 시를 연상하게 하는 진솔함과 순수함의 아름다움을 보여준다.

올해에도 많은 시편들이 문학상과 작품상의 이름으로 거론되었다. 수상 작품 중 10년은 고사하고 1년 후까지라도 기억되는 작품이 얼마나 되는 것일까.

「아무도 피 흘리지 않는 저녁」이 시간을 이겨내는 작품이 되기를 바란다. 기혁과 오주리와 조동범의 참신한 시각들도 시간의 발효와 더불어 내년에 다시 『시인광장』의 '올해의 좋은 시' 상 후보에서 만나길 기대한다.

– 김백겸 (시인, 『시인광장』 주간)

아무도 피 흘리지 않는 저녁

김 경 인

너는 나를 뱉어낸다
다정하게, 아름답고 우아한 칼질로
무엇을 말하고 싶은지 모르는 채
무엇을 말하고 싶지 않은지 모르는 채
어떤 의심도 없이 또박또박 나를 잘라내는
너의 아름다운 입술을 바라보며
나는 한껏 비루한 사람이 되어
아름다운 저녁 속으로 흩어진다
푸르고 차가운 하늘에 흐릿하게 별이 떠오르듯이
내가 너의 문장 속에서 지워지지 않는 글자로 돋아나듯이
귀는 자꾸 자라나 얼굴을 덮는다
아무도 피 흘리지 않는 저녁에
네가 나를 그렇게 부르자
나는 나로부터 흘러나와
나는 정말 그런 사람이 되었다
너와 나 사이에 놓인 열리지 않는 이중의 창문.
아무도 없는 곳에서
함부로 살해되는 모음과 자음처럼
아무도 죽어가지 않는 저녁에
침묵의 벼랑에서 불현듯 굴러 떨어지는 돌덩이처럼
멸종된 이국어처럼
나는 죽어간다, 이상하도록 아름다운 이 저녁에
휴지통에 던져진 폐휴지처럼 살기로 하자,
네가 내게 던진 글자들이 툭툭 떨어졌다

상한 등껍질에서 고름이 흘러내렸다
네가 뱉어낸 글자가 나를 빤히 들여다보자
그렇고 그런 사람과 그저 그런 사람 사이에서
네 개의 다리가 돋아났다
개라고 부르자 개가 된
그림자가 컹컹, 팽개쳐진 나를 물고 뒷걸음칠쳤다

웹진 『시인광장』 2010년 9월호 발표

수상소감

그 여름의 식물들처럼

시인의 시를 읽다가 불현듯 그 사람의 삶을 마주칠 때가 있습니다. 한 사람의 삶을 찬찬히 들여다보다가 시적인 것을 마주하기도 합니다. 일견 사소하게 보이는 개인의 삶이 세계의 그늘진 얼굴에가 닿을 때 저는 당신들을 떠올립니다. 슬픔이나 아픔으로 다가오는 그러한 '발견'들은 나를 멈추게 하고 잠시나마 내게 이러저러한 물음을 던집니다. 만일 그들이 없었다면 해변의 모래알 하나가 바로 옆의 모래알을 평생 몰라보듯이 어쩌면 나는 평생 나를 몰라볼지도 모르겠습니다. 지금도 나는 여전히 나를 모르지만, 어쩌면 나를 찾아온 시들은 나보다 조금 더 나를 알지도 모르겠습니다.

이곳 『시인광장』에서 만난 많은 좋은 시인들을 알고 있습니다. 때로는 그들 덕분에 시를 쓰기도 하고 더 많게는 좌절하기도 합니다. 그 자체로 아름다운 시의 별자리들이 총총 빛나는 하늘 아래서 눈이 어두운 땅 짐승들의 지도를 그려가는 것이 나의 시쓰기라고 할까요? 그런 이유로 '신작시 상'이라는 영예로운 이름에 비해 제 시는 참 볼품없다는 것을 잘 알고 있습니다. 그 민망함을 견디는 것 역시 나의 몫이겠지요.

어린 시절, 정원에는 분꽃, 나팔꽃, 칸나, 다알리아, 사루비아 등 갖가지 꽃들이 가득했습니다. 노을이 지고 세계가 완전히 어둠 속에 잠길 때 그 캄캄함을 견디면서 흔들리는 꽃들을 보곤 했습니다. 내가 쓴 시들도 그와 같아서 모든 빛깔들을 지우고 텅 빈 채로 그렇게 흔들렸으면 좋겠습니다. 아름다운 것, 빛나는 것, 사랑스러운 것보다 이름없는 것, 후미진 것, 쓸모없는 것, 괴로운 것들에 다정하고, 또 격렬하고 싶습니다.

심사하신 선생님들, 그리고 『시인광장』의 여러 분들이 주시는 값진 격려, 감사합니다. 혼자 시를 쓰고 있을 수많은 당신들에게도 감사인사를. 앞으로는 문학적(만일 그런 게 있다면!)으로 살겠습니다.

김경인－서울 출생. 2001년《문예중앙》등단. 시집『한밤의 퀼트』

001

100

001

꽃을 위한 예언서

강 영 은

초저녁별과 나 사이, 꽃잎 위를 기어가는 투구벌레의 등이 꼭짓점이다. 제 등이 꼭짓점인 지 모르는 황금 갑옷이 반짝일 때마다 막 피기 시작한 꽃잎이 휘어진다.

곡선을 봉인한 날개 속에 죽음이 유지되기를 원할 뿐, 꽃잎을 덮고 있는 어둠을 보지 못한 당신은 에게해의 하늘을 건너 온 별빛이라고. 노래한다.

핀다는 것은 경배 받는 자이며 경멸 받는 자의 노래, 대지가 받아 적는 어둡거나 환한 문장이라는 걸, 나는 말하지 못했다.

순간의 영원 같은 꽃의 화엄에 양 날개를 묻은 투구벌레처럼 당신은 영원히 입을 다물 수 있나,

사랑에 대한 최초의 예언서는 알지 못하지만 삼각형의 문장을 접는 당신의 입속으로 붉은 모가지가 툭, 떨어진다.

곡선으로 피었다 곡선으로 지는 꽃,

태양의 문신을 몸에 새긴 투구벌레는 검게 빛나는 도리아식 기둥을 숭배할지 모르지만 꽃의 신전을 삼킨 당신을 나는 지평선이라 부른다.

계간『애지』2010년 가을호 발표

강 영 은
제주 출생. 2000년《미네르바》등단. 시집『녹색비단구렁이』외.

002

파혼

공광규

작년엔 홍매 아래서
붉은 얼굴이 다정했고요

올해는 청매가 환해
흰 이마가 아름다웠어요

봄바람에 매화 흩날리기 전
당신을 파혼시키러 가겠습니다

이런 일도 먼 후일엔

매화나무 가지 사이로 지나는
한 점 눈발이겠지요.

계간 『문학청춘』 2010년 가을호 발표

공광규
충남 청양 출생. 1986년 《동서문학》 등단. 시집 『말똥 한 덩이』 외.
〈윤동주문학상〉 등을 수상.

모르핀 감각

권 현 형

그의 입술에서 고대 파피루스 종이 냄새가 났다
부치지 못한 편지에서 모르핀 냄새가 났다
잠꼬대로 무덤을 말했던 날들이 덕분에 지나갔으므로
자장면을 즐겨 먹지 않은 건 잘한 일이다

검고 진득진득한 생의 멍에를 벗고
나는 점점 가볍고 얇고 환해지고 있다
풀코스 중 마지막 메인 요리를
먹지 못하고 큐피드의 화살에 맞았다
그렇게 긴 긴 키스 세례를 받게 될 줄은 몰랐다

삼일 째 메인 요리를 먹지 못하고 있다
그의 입술을 생각하고 생각하느라 돌아와서
혼자가 되었을 때 나는 그가 되었다 관자놀이에 쇄골에
목에 멈출 수 없었다 여름저녁이었고 손을 씻어야지 얘야
흙 묻은 손을 씻어야지 얘야 아니면 입에 벌레가 들어간단다
먼 곳에서 어머니가 불러들였지만 대답하지 못했다 나무가 새에

매혹되듯 흙 묻은 그의 입술에 혀에 사로잡혔다
모처럼 통증을 느끼지 못했다 통증을 느끼고 싶지 않았다
나는 무덤을 말했던 날들이 지나간 줄 알았다

계간 『시로 여는 세상』 2010년 가을호 발표

권현형
강원도 주문진 출생. 1995년 《시와 시학》 등단. 시집 『밥이나 먹자, 꽃아』 외.
〈미네르바작품상〉 수상.

004

내간(內簡)

기혁

현미경으로 본 바늘 끝에는 운동장만한 대지(大地)가 있었다
귀를 대어보면 바람소리나 희미한 웃음소리 같은 게 들려올 것도 같았다

피 묻은 몽당 빗자루가 묵어 도깨비가 된다는 속설처럼 누군가를 찌른 바늘도
장롱 밑바닥에 앉아 요물(妖物)이 된 건 아닌지

배율을 높인 바늘 끝에는 흩어진 일가(一家)의 혈흔이 보였고
한 사람의 것으로 짐작되는 콧김과 머릿기름 따위가 뭉쳐 있었다

손을 따는 것은 자신의 체취(體臭)를 핏줄 속에 흘려 뒤엉킨 매듭을 푸는 일이지만
미처 희석되지 못한 체취는 몸 속 어딘가에 박혀 사람의 모습으로 깊어지기도 할 텐데

매일 저녁 바늘귀에 눈을 맞추며 살아온 사람과
조금씩 줄어드는 바늘의 면적을 그리워하던 사람에게
한 땀 비련(悲戀)은 무딘 바늘을 주고받고서야 완성되는 겨를일까

살에 닿기 직전 가장 은밀해지는 연애를 간수하고 나면
열 손가락을 따고서도 내려가지 않던 기별이 체증(滯症)으로 남는다

시원하다, 어머니의 등을 두드리며 읽어낸 문장 속에서 아내의 뒷모습이 겹칠 때
나라는 바늘도 직진을 멈추고 몸을 휜다

노련한 복화술사의 얼굴을 내밀듯 휘어진 속내를 기운 적이 있다

웹진『시인광장』2011년 5월호 발표

기 혁
경남 진주 출생. 2010년《시인세계》등단.

005

흑앵

김경미

크고 위대한 일을 해낼 듯한 하루이므로

화분에 물 준 것을 오늘의 운동이라 친다
저 먼 사바나 초원에서 온 비와 알래스카를 닮은
흰 구름떼를
오늘의 관광이라 친다
뿌리 질긴 성격을 머리카락처럼 아주 조금 다듬었음을
오늘의 건축이라 친다

젖은 우산 냄새를 청춘이라 치고 떠나왔음을
해마다 한겹씩 둥그런 필름통 감는 나무들이
찍어두었을 그 사진들 이제 와 없애려 흑백의 나뭇잎들
한 장씩 치마처럼 들춰보는 눅눅한 추억을
오늘의 범죄라 친다
다 없애고도 여전히 산뜻해지지 않은 해와 달을
오늘의 감옥이라 친다

노란무늬 붓꽃을 노랑 붓꽃이라 칠 수는 없어도

천남성을 별이라 칠 수는 없어도

오래 울고 난 눈을 검정버찌라 칠 수는 없어도

나뭇잎속 스물 두 살의 젖은 우산을 종일 다시 펴보는
때늦은 후회를
오늘의 위대함이라 치련다

계간『시안』2010년 여름호 발표

김경미
서울 출생. 1983년《중앙일보》신춘문예 등단. 시집『고통을 달래는 순서』외.

006

꽃을

김경인

꽃을 주세요* 흔들리는 창문을 위해 흰 꽃을 주세요 창문을 그을리며 타오르는 촛불을 위해

꽃더러 보라고 서투른 화가의 자화상을 단숨에 잘라내는 가위의 반짝이는 살기를 흰 꽃더러 보라고 화가의 붓끝에서 알 수 없는 곳을 향해 똑똑 떨어지는 물감의 슬픔을

꽃을 던지세요 검은 계단을 내려가 더 검은 모퉁이를 돌아 마침내 다다른 초록빛 철문 앞에 흰 꽃을 던지세요 더 검은 모퉁이 끝 계단에 앉아 비로소 떠올리는 초록빛 철문의 기억 앞에

초록 철문 앞에서 망설이며 뒤돌아서는 늙은 그림자에게 마치 꽃이라는 듯 안개 속에서만 떠들 줄 아는 물병의 닫히지 않는 마개에게 흰 꽃 아닌 건 모두 잊었다는 듯

그 해 여름, 빨강과 초록이 내민 힘겨운 악수를 위해 꽃을 향해 달려가는 꽃처럼, 여름을 반성하는 영원한 여름을 위해 꽃을 향해 달려가 마침내 사라지는 그 꽃처럼,

심장인 줄만 알고 입 맞추던 너의 차가운 두 발에 기쁨의 첫 페이지에서 흘러내려 귀갓길을 적시는 피 위에 흰 꽃을,

깨어진 거울 앞에서 가장 또렷해지는 절망의 이목구비에게 거울을 꿈꾸다 꿈속의 거울에 갇힌 물고기에게 꽃을,

집을 삼킨 채 비로소 잠잠해진 얼굴에게 얼굴 밖으로 흘러나와 다시 떠들기 시작하는 집 앞에 흰 꽃을,

흉터 위로 또 엎질러지는 끓는 주전자에게 주전자가 몸에 그려준 어여쁜 새 지도에게 보랏빛 바이올렛은 말고

밤물결로 파도치는 나의 심장에게 새빨간 맨드라미는 더 말고

꽃을, 같은 고백을 여러 번 늘어놓은 모노드라마가 끝나듯 내 안의 세계가 문득, 자전을 멈출 때 어둠 속에서 먼지처럼 풀썩거리며 날아오르는 질문들의 빛나는 이마에 흰 꽃을,

* 김수영, 「꽃잎 2」 중에서

계간 『詩로 여는 세상』 2010년 봄호 발표

김경인
서울 출생. 2001년 《문예중앙》 등단. 시집 『한밤의 퀼트』

007

뚱뚱한 여자

김 기 택

눈을 떠보니
어느 작고 어둡고 뚱뚱한 방 안에 들어와 있었다.
뒷덜미에서 철커덕, 문 잠기는 소리가 들렸다.
머리가 너무 크고 무거웠으므로
끊임없이 마음을 낮게 구부려야 했다.
창문을 찾아 기웃거릴 때마다
몸에 착 달라붙어 있는 벽도 따라 움직여서
어디가 바깥인지 알 수가 없었다.
우선 눈에 띄는 대로
빛이 뚫려 있는 콧구멍에다 얼른 얼굴을 들이밀고
급한 대로 차가운 빛줄기 몇 가닥을 들이마셨다.
숨통을 통해 바깥이 조금 보였다.
밖으로 나가려고 몇 차례 몸을 뒤틀어보았으나
모든 문은 이미 내 안에 들어와 있었고
나를 찢거나 부수지 않고는 열릴 수 없게 되어 있었다.
아홉 개의 좁은 구멍을 찾아 간신이 빠져나간 건
거친 숨과 땀방울과 뜨거운 오줌과 입 냄새뿐이었다.
숨 쉴 때마다
나를 가둔 벽은 출렁거리며 뒤룩뒤룩 융기하였으며
브래지어는 팽팽하게 부풀었다.
엉덩이며 젖가슴, 겨드랑이, 사타구니까지
막힌 숨이 가득 차 있었고
터져나가지 못하도록
온갖 시큼하고 구린 비린내로 단단하게 밀봉되어 있었다.

가까스로 내가 있는 곳을 찾아내어 살펴보니
거울 속이었다.
어항 같은 눈을 뻐끔거리고 있는 얼굴이
살 속에 숨은 눈으로 살살 밖을 쳐다보는 얼굴이
포르말린 같은 유리 안에 담겨 있었다.
나자마자 마흔이었고 거울을 보자마자 여자였다.
그렇게 관리를 하지 않고서야
언제 시집이나 한 번 가볼 수 있겠느냐는 소리가
방 안을 쩌렁쩌렁 울리며 들어왔다.
그게 구르는 거지 걷는 거냐고
내 뒤뚱거리는 걸음을 놀려대는 소리가
벽을 뚫고 살을 콕콕 찌르며 들어왔다.
움직일수록 더 세게 막혀오는 숨통을 놓아주기 위해
나는 방 하나를 통째로 소파 위에 누이고
개처럼 혀를 다해 헉헉거렸다.

계간 『문학동네』 2010년 여름호 발표

김기택
경기도 안양 출생. 1989년 《한국일보》 신춘문예 등단. 시집 『껌』 외.
〈김수영문학상〉, 〈미당문학상〉 등을 수상.

젖은 책

김명리

젖은 책을 열 때면 입속에 물이 괸다 종일 물 한 모금 마시지 않아도 목마르지 않다 옥호은전 속 카나리아빛 수면 위를 향유고래 한 마리 물비늘 반짝이며 유영하는, 물의 숨구멍들을 가만히 옥죄었다 놓는

젖은 책의 표지엔 몸통은 없고 날개만 있는 한 무리 새떼들 끝없이 날아가고, 날아오고 있다 비등하는 생의 목록마다 둥근 물웅덩이가 패었다 물거품들 찢긴 낱말들 쉴 새 없이 바람에 나부끼고 있다

아주 가느다란 속눈썹을 열고 생시까지 따라나와 계속되는 젖은 꿈도 있다 되돌아서서 함께 울먹이는 것들, 꽃봉오리 같은 주먹을 힘차게 쥐었다 놓는 빗방울 속의 불꽃들, 마음만 먹으면 쉬 따라잡을 것 같은 황혼의 걸음걸이도 있다

걷잡을 수 없이 부풀어오르는 수많은 구멍들, 말줄임표들이 그 책의 잎새이다 갈피갈피 하늘을 비추는 올괴불나무 한 그루씩 꽃피어 있다 만수위(滿水位)의 낮은 물소리로, 사막의 물 담을 가죽부대가 그 책보다 오랜 그 책의 부록이라 전한다

월간『현대문학』2010년 10월호 발표

김명리
대구 출생. 1984년《현대문학》등단. 시집『불멸의 섬이 여기 있다』외.

문장들

김명인

1

이 문장은 영원히 완성이 없는 인격이다

2

가을 바다에서 문장 한 줄 건져 돌아가겠다는
사내의 비원 후일담으로 들은들
누구에게 무슨 감동이랴, 옆 의자에
작은 손가방 하나 내려놓고
여객선 터미널 유리창 너머로 바라보면 바다는
몇 만 평 목장인데 그 풀밭 위로
구름 양 떼, 섬과 섬들을 이어 놓고
수평선 저쪽으로 몰려가고 있다
포구 가득 반짝이며 밀려오는 은파들!

오만 가지 생각을 흩어 놓고
어느새 석양이 노을 장삼 갈아입고 있다
법사는 문장을 구하러 서역까지 갔다는데
내 평생 그가 구해 온 관주(貫珠) 꿰어 보기나 할까?
애저녁인데 어둠 경전처럼 밀물져
수평도 서역도 서둘러 경계 지웠으니 저 무한대
어스름에는 짐짓 글자가 심어지지 않는다

3

윤곽이 트이는 쪽만 시야라 할까, 비낀 섬 뿌리로
어느새 한두 등 켜 드는 불빛,
방파제 안쪽 해안 등의 흐릿한 파도 기슭에서
물고기 뛴다, 첨벙거리는 소리의 느낌표들!
순간이 어탁되다, 탁, 맥을 푼다
끝내 넘어설 수 없었던 상상 하나가
싱싱한 배태로 생기가 넘치더니 이내 삭아버린다

쓰지 않는 문장으로 충만하던 시절 내게도 있었다
볼만했던 섬들보다 둘러보지 못한 섬
더 아름다워도
불러 세울 수 없는 구름 하늘 밖으로 흐르던 것을,
두 개의 눈으로 일만 파문 응시하지만
문장은 그 모든 주름을 겹친 단 일 획이라고,
한 줄에 걸려 끝끝내 넘어설 수 없었던 수평선이
밤바다에 가라앉고 있다

4

시원(始原)에 대한 확신으로 길 위에 서는
사람들은 어느 시절에나 있다
시야 저쪽 아련한 미답(未踏)들이
문득 구걸로 떠돌므로 미지와 만난다는
믿음으로 그들은 행복하리라
타고 넘은 물이랑보다 다가오는 파도가 더 생생한 것,

그러나 길어 올린 하루를 걸쳐 놓기 위해
바다는 쓰고 지운다, 요동치는 너울이라 고쳐 적지만
부풀거나 꺼져 들어도 언제나 그 수평선이다

5

일생 동안 애인의 발자국을 그러모았으나
소매 한 번 움켜잡지 못해 울며 주저앉았다는 사내,
그의 눈물로 문장 바다가 수위를 높였겠는가
끝내 열지 못한 문 앞에서 통곡한
사내에게도 맹목은, 한때의 동냥 그릇이었을까?

문장은, 막막한 가슴들이 받아안지만
때로 저를 지운 심금 위에 얹힌다
늙지 않는 그리움을 안고 산다면
언젠가는 수태를 고지받는 아침이 올까?

6

어둠 속에 페리가 닿고 막배로 건너온
자동차 몇 대, 헤드라이트를 켜자 번지는 불빛 속으로
승객들이 흩어진다, 언제 내렸는지
허름한 잠바에 밀짚모자, 헝겊 배낭을 맨 사내 하나
어두운 골목길로 사라진다
혹, 문장을 구해 서역에서 돌아오는 법사가 아닐까
그가 바로 문장이라면?

허전한 골목은 닫혔다, 바다 저쪽에서
또 다른 사내들이 헤맨다 한들

아득한 섬 찾아내기나 할까?
일생 처녀인 문장 하나 들쳐 업으려고
한 사내의 볼품없는 그물은 펼쳐지겠지만
어느새 너덜너덜해진 그물코들!
나는 이제 사라진 것들의 행방에 대해 묻지 않는다
원래 없었으므로 하고많은 문장들,
아직도 태어나지 않은 단 하나의 문장!

구름에 적어 하늘에 걸어 둔 그리움 다시 내린다
수많은 아침들이 피워 올린 그날치의 신기루가 가라앉고
어느새 캄캄한 밤이 새까만 염소 떼를 몰고 찾아든다
그 염소들, 별들 뜯어 먹여 기르지만
애초부터 나는 목동좌에 오를 수 없는 사내였다!

계간 『세계의 문학』 2010년 여름호 발표

김명인
경북 울진 출생. 1973년 《중앙일보》 신춘문예 등단. 시집 『파문』 외. 〈소월시문학상〉, 〈편운문학상〉 등을 수상.

010

떠있는 방

김미정

방들의 암호는
습관으로 갈아입은 사라진 손가락
끝내 타오르지 않는 불꽃,
그리고 너의 ......

1.
뻐꾸기 울음이 들려
벽 속에서
다리도 없이 공중에 떠 있는 방
방안은 온통 뻐꾸기 울음으로 물들지
방은 네 개의 벽에 갇히고

2.
울음 울던 뻐꾸기들이 날개를 접고
벽을 살며시 밀고 있지
투명으로 물든 손이 벽을 두드리지

우린 완벽하다고 손뼉을 쳤지
방구석 먼지처럼 몰려다니며

3.
어디선가 방을 갉아먹는 소리
방은 느끼지 못한 채
좁아지고 있지 다리도 없는
방은 도망 갈 수 없지

4.
창을 열고 안과 밖의 냄새를
한꺼번에 호흡할 수 있을까
그래도 방은
다른 것이 될 수 없지

*

조금씩 지워지는 것도 모르고
하루하루 먹히는 삶에 익숙해져
오늘도 떠 있지

5.
먼지는 더 단단히 뭉쳐지고
테두리 없는 창을 향해
재미없다고, 시시하다고
표를 반환할 수 없지

6.
방이 방 밖으로 걸어 나올 수 있을까
시작하는 점이 마침표가 되는

*

방은 오늘도 고요히 떠 있지
고요해서
아무도 모르게 완벽하게 갇히지

계간 『리토피아』 2011년 봄호 발표

김미정
서울 출생. 2002년 《현대시》 등단.

구중궁궐의 푸르고 붉은 비단처럼

김 백 겸

플라타너스가 사열식을 하는 사관생도처럼 빽빽이 들어선 벌판에서
멧새가 하늘을 날아가는 풍경의 그늘을 찾아 앉았습니다
비가 그친 뭉게구름 사이로 쌍무지개가 저 세상으로 가는 현수교처럼
빛의 다리를 놓았습니다
풀벌레소리 배어든 바위에서 검은 침묵이 샘물처럼 솟구쳤습니다
가을 시간은 쑥부쟁이와 함께 언덕에 무더기로 피었습니다

하늘의 새들이나 벌판의 벌레가 태어나고 죽는 꿈속의 풍경이었습니다
적송의 붉은 몸도 민들레꽃 향기도 시간에서 물결을 타고 있었습니다
사시사철과 하루가 길고 짧은 리듬을 밟으며 춤을 추고 있었고
바위가 모래가 되고 흙이 되는 변신이 '예정조화설'처럼 일어났습니다
은하수들이 파도처럼 일어나고 폭포처럼 무너지는 긴 세월의 한가운데
별들도 촛불처럼 타오르다가 꺼지는 영원회귀의 미로가 한창이었지만

꿈 속의
꿈 속의

꿈 속에 또 깊은 꿈이 구중궁궐처럼 펼쳐진 한 세상
당신이 나를 쳐다보자 꿈의 거울이 깨어져 나간 내 머리 속에서
천지는 환하고
천지는 뜨거웠습니다

바람에 목욕을 하고 구름 사이로 터진 저녁노을을 소나기처럼 맞으면서
나는 노래를 부르며 플라타나스 숲을 걸어나오는 안회(顔回)였을까요
눈매가 깊은 어둠과 키 큰 삼나무 그림자가 내 집에 손님으로 왔습니다
불꽃목숨들을 쳐다보던 내 눈이 눈을 감고 풍경을 기억해냈습니다
나는 낡은 악기가 될 때까지 세계음악을 연주하는 거리의 악사였고
한나절 오후는 신비의 다른 가면을 쓴 당신의 얼굴이었습니다

계간 『시선』 2010년 여름호 발표

김백겸
충남 대전 출생. 1983년 《서울신문》 신춘문예 등단. 시집 『비밀정원』 외. 〈대전시인협회상〉, 〈충남시인협회상〉 등을 수상.

012

시간들

김사인

48년 9개월의 시간 K가 엎질러져 있다
시원히 흐르지 못하고
코를 골며 모로 누워 있다
액체이면서 한사코 고체처럼 위장되어 있다
넝마의 바지 밖으로
시간의 더러운 발목이 부었다
소주에 오래 노출되어 시간 K는 벌겋다
끈끈한 침이 흘러
얼굴 부분을 땅바닥에 이어놓고 있다
시간 K는 옆구리와 가려운 겨드랑이 부위를 가지고 있다
잠결에 긁어보지만 쉬 터지지는 않는다
흘러갈 곳이 마땅치 않기 때문이다
더러운 봉지에 갇혀 시간은 썩어간다
비닐이 터지면 시간 K도
힘없는 눈물처럼 주르르 흐를 것이다
시큼한 냄새와 함께 잠시 지하도 모퉁이를 적시다가
곧 마를 것이다 비정규직의 시간들이
밀걸레를 가지고 올 것이다
허깨비 같은 시간들, 시간 봉지들

계간 『문학동네』 2010년 봄호 발표

김사인
충북 보은 출생. 1981년 동인지 《시와 경제》 창간 동인으로 시 발표 시작, 시집 『가만히 좋아하는』 외. 〈현대문학상〉 등을 수상.

013

그런 이유

김선우

그 걸인을 위해 몇 장의 지폐를 남긴 것은
내가 특별히 착해서가 아닙니다

하필 빵집 앞에서
따뜻한 빵을 옆구리에 끼고 나오던 그 순간
건물 주인에게 쫓겨나 3미터쯤 떨어진 담장으로
자리를 옮기는 그를 내 눈이 보았기 때문

어느 생엔가 하필 빵집 앞에서 쫓겨나며
드넓은 얼음장에 박힌 피 한 방울처럼
나도 그렇게 말할 수 없이 적막했던 것만 같고

이 돈을 그에게 전해주길 바랍니다
내가 특별히 착해서가 아니라
과거를 잘 기억하기 때문

그러니 이 돈은 그에게 남기는 것이 아닙니다
과거의 나에게 어쩌면 미래의 당신에게
얼마 안 되는 이 돈을 잘 전해 주시길

계간 『창작과 비평』 2011년 봄호 발표

김선우
강원도 강릉 출생. 1996년 ≪창작과 비평≫ 등단. 시집 『내 몸속에 잠든 이 누구신가』 외. 〈현대문학상〉 등을 수상.

다행한 일들

김소연

비가 내려, 비가 내리면 장롱 속에서 카디건을 꺼내 입어, 카디건을 꺼내 입으면 호주머니에 손을 넣어, 호주머니에 손을 넣으면 조개껍데기가 만져져, 아침이야

비가 내려, 출처를 알 수 없는 조개껍데기 하나는 지난 계절의 모든 바다들을 불러들이고, 모두가 다른 파도, 모두가 다른 포말, 모두가 다른 햇살이 모두에게 똑같은 그림자를 선물해, 지난 계절의 기억나지 않는 바다야

지금은 조금 더 먼 곳을 생각하자
런던의 우산
퀘벡의 눈사람 아이슬란드의 털모자
너무 쓸쓸하다면,

봄베이의 담요
몬테비데오 어부의 가슴장화

비가 내려, 개구리들이 비가 되어 쏟아져 내려, 언젠가 진짜 비가 내리는 날은 진짜가 되는 날, 진짜 비와 진짜 우산이 만나는 날, 하늘의 위독함이 우리의 위독함으로 바통을 넘기는 날,
비가 내려,

비가 내리면 장롱 속 카디건 속 호주머니 속 조개껍데기 속의 바다 속 물고기들이 더 깊은 바닷속으로 헤엄쳐 들어가, 모두가 똑같

은 부레를 지녔다면? 비가 내릴 일은 없겠지,

비가 내려, 다행이야

계간 『문학과 사회』 2010년 여름호 발표

김소연
경북 경주 출생. 1993년 《현대시사상》 등단. 시집 『눈물이라는 뼈』 외. 〈노작문학상〉 수상.

015

염소좌 아래서

김연아

우선, 나의 크림색 고양이 모모에 대해 말하자.

그는 내가 밤 새워 글 쓰는 걸 지켜보았고, 나는 창가에 엎드린 그의 뒷모습을 지켜보았다. 우리는 가끔 서로의 이야기를 들어준다. 어둠이 헐거워지는 새벽마다, 모모는 내 방문을 긁어대었다.

엄마, 엄마, 밤하늘의 별이 떨고 있어요
바람은 병아리처럼 울어대고요
초록 도마뱀붙이가 거울 위를 기어 다녀요

발랄라이카 악기 같은 네 울음소리, 너는 잠이 오는 눈꺼풀을 비비며 내 문 앞에 서 있었지. 노란 별 같은 너의 눈빛, 그 눈으로 돌아가는 말.

엄마, 엄마, 그림자 없는 꽃들이 마구 돌아다녀요
창가의 이파리들은 잠언 같은 잠꼬대를 흘리고요
하얀 쥐는 글자 위를 굴러다녀요

얘야, 네 얼굴은 아직도 밤이구나
이제 그만 별에게 인사하고 오려무나
녹색 초병들이 새벽 창에 늘어서 있다

모서리가 있는 것들은 모두 둥글게 부서뜨리는 너의 혀. 코를 맞대고 숨을 나누는 너와의 코인사. 네 숨결엔 수많은 언어들이 가득

차 있어.

엄마, 나를 위해 감미롭고 정다운 말들을 써두었겠죠?
당신의 손가락으로 별과 마더구스의 노래를 휘저어,
나의 잠을 준비해 두었겠죠
입맞춤으로 열린 문, 밖으로 배반하는 새의 노래가 올라가요

흔들리는 자장가를 따라, 너는 내 가슴에서 눈을 감았다 떴다 한다. 너의 울음 끝에 매달린 옹알이소리.

엄마, 당신의 성좌를 만나보셨나요?
우리, 바람이 쓸고 간 새벽달을 보러가요
울타리를 넘어 하늘로 올라간 동물들을
우리의 노래로 불러 모으고요

벽 사이에서 어둠이 웅성대고 계단이 수런거린다. 손끝에 남아 있는 모음들은 잠들어 있는데, 녹슨 파이프처럼 새벽이 낯선 울음을 뱉어낸다. 구부러진 문장은 두드려 편 못처럼 끄윽끄윽 운다

격월간 『유심』 2010년 9~10월호 발표

김연아
경남 함양 출생. 2008년 《현대시학》 등단.

도라지

김영남

누가 내게 이 지상 가장 빠른 색을 들어보라 한다면 청보라색을 들리라 상상하며 산기슭에 쪼그리고 앉아 있는데 그 사이로 어느 종소리 찾아와 그보다 더 빠른 색 있는데 그건 비명이란다. 저기 절벽 위 아래 사이에 얼굴 내밀어 보면 그 색을 볼 수 있을 거란다.

비명은 어떻게 말해야 하는 색이냐 이야기이냐 하는 질문을 그 절벽으로 번갈아 떨어뜨리며 산길 가고 있는데 스님 한 분이 나타나 그것은 또 기쁨과 절망을 왔다갔다 하는 하늘로 사라지기도 하고 그러지 않는 낭떠러지로 숨기도 하는 지역의 도라지 꽃밭이란다. 그런 평화 그을 수 있는 얼굴이 있다면 바로 그 뒷모습이란다.

계간『문학과 사회』2010년 겨울호 발표

김영남
전남 장흥 출생. 1997년《세계일보》신춘문예 등단. 시집『정동진역』외.

017

고양이의 잠

김예강

꽃이라는 못에 나비가 걸렸다

세상모르고 잠자는 서랍

상자가 밀려나도 잠에 빠져 있다 구름이라는 서랍

광합성이 필요한지 햇빛 쪽으로 얼굴을 돌리고 자는

검은 나무 아래 검은 새들의 휘파람에 어스렁 어스렁 흐르고 싶은

구름이라는 서랍

매일매일

한번 들어가면 나오지 못하는 땅으로

걸어 들어가는 서랍

사막을 횡단하는 서랍

계간 『시와 세계』 2010년 가을호 발표

김예강
경남 창원 출생. 2005년 《시와 사상》 등단.

메타포적 식사

김왕노

월급에 달라붙어 입맛대로 베어먹는 정부란 짐승 알아. 원천징수니 유류세니 과태료란 어금니로 꽈 깨물어 내 돈의 숨통을 조이는 투명한 짐승, 아귀귀신 가득한 이 세상을 알기는 알아. 극에 달한 식성으로 뼈만 남은 서민의 눈물은 알아. 월급인상률보다 더 올라 실제로 월급을 삭감시키는 물가란 거대한 짐승은

달의 지느러미로 고급요리를 해 먹고 싶어. 해를 껍질 째 넣어 통구이라도 해 먹고 싶어, 우리라고 식욕이 없나. 별자리의 살을 떠 회를 해먹고 싶어. 어두운 역사는 곰탕으로 끓이던지 4월과 5월 그 수난의 아랫배를 가르고 인삼과 대추를 넣고 4월5월탕을 해먹고 싶어. 마늘을 넣어 냄새를 없애거나 산초가루를 넣은 김치를 곁들여

우리란 잘 차려진 밥상일 테지. 육해공군 다 있어 진수성찬이 되는 주지육림의 시절이 온 것이겠지. 우리 어디에든지 아귀가 깨문 이빨의 흔적은 있어. 벗어나려 몸부림친 상처도 있어. 복지국가로 가는 긴 장대열차에 타고 깻잎같이 졸고도 싶었지만 복지국가에 이르렀다는 어떤 장대 열차의 소식은 없어

꽃의 내장으로 내장탕을 끓여 소주잔을 기울이고 싶어. 바람의 알을 가득 넣은 알탕도 괜찮고, 아니면 은행알처럼 별을 구워먹는 거야. 범상어떼가 되어 우우 우리를 먹으려 드는 것을 도리어 공격하는 거야. 아니면 잡아 먹혀서 잡아 먹은 것을 죽음에 이르게 하는 극단적인 방법도 사용하면 될 테지. 그러면 이를 아름다운 카오스의 나라. 방법은 많아. 우리가 수긍할 수 있는 방법으로 식사를 하

는 거야. 아직도 눈물로 연명하는 사람들의 가난한 상이 차려지는 나라

공복 속으로 밤새 눈이 내렸어. 내 얕은 잠은 자꾸 쌓여 가는 눈에다가 딸기 시럽을 넣고 우유를 넣고 삶은 팥을 넣고 잘게 썰어진 각떡을 넣고 빙수를 만드는 꿈으로 엉망이었어. 배고픈 시절 잘 만들어진 겨울 빙수는 그래도 먹을 만 할 걸. 혹한의 시절 찬 음식으로 설사를 할 테지만 삼천만 사천만의 설사는 볼만할 걸. 기록을 좋아하는 사람은 기네스북에 올리기 위해 흥분 할 테고

하여튼 보이지 않는 아귀귀신에 둘러싸인 이 날을 알아. 그래도 견뎌. 겨울 땅속에서 꿈을 길어 올린 구근이 일제히 꽃 피우는 날에는 우리가 밥인 날이 지나고, 우리가 법인 날이 올 테니까. 하여튼 질리지도 않나 저 식욕들은

계간 『열린 시학』 2011년 봄호 발표

김왕노
경북 포항 출생. 1992년 《매일신문》 신춘문예 등단. 시집 『사랑 그 백년에 대하여』 외. 〈한국해양문학상〉 등을 수상.

019

물의 진화

김원경

체온을 가둔 빛의 표정이 물 위를 돌아다니고
이것은 세계에 대한 진지한 시술

빈방에 희미하게 들리는
강물소리를 걷는다

여기에 앉아 있으면
이미 도착한 물결이 다른 물결을 잡고 있다

나는 곧,
소리에 고인다

소금쟁이가 다리를 떨면서 걸어가는 소리
네가 아이였을 때 냈던 웃음소리
물수제비가 건너며 내는 파문의 소리
사라진 물고기의 숨소리

한 마리 새가 물 마시던 강 옆에서
물의 억양은 창백하다

그것은 주름진 피부였고
하나였다가 여럿이었다가 다시 하나가 되는

녹초들은 미끄러지고
금빛 모래는 입을 막고 울고 있다

다만 너에게 이것은 추측이라는 사실,

주파수를 돌려보내는 물의 신음소리
창백한 안료들이 내 얼굴에 고인다

젖은 공간에서
하나의 몸이었다가 여러 개의 몸이 끓고 있다

가장 멀리서 만난 파장 위로
가장 나중에 기록되는 울음들이 있다

계간 『열린시학』 2010년 가을호 발표

김원경
경남 울산 출생. 2004년 《중앙일보》 신춘문예 등단.

봄. 아편

김유석

1. 기억의 정체

방백(傍白)하듯, 꽃이 피는 무렵이다.

들이키면 휘발유 냄새 나는 바람과
주사바늘 자국 어룽거리는 창백한 햇볕의 손목,
담장가에 몰려 조는 햇병아리들의 잔상 몽롱한
벌써 누가 다 살아버린 것 같은 황홀한 폐허에서

리허설인지 습작인지
복화술로 피어나는 꽃들에게
해마다 똑같은 기별 익명으로 물으며
갈수록 조작되는 듯한 알리바이를 맥없이 지켜본다.

미래까지를 점지하기도 하던
그걸 달리 무어라 부를 수 있나

꽃이라 하겠지만 홍등(紅燈)이라 부를 것이다.
나비와 진딧물이 함께 기생하는 그 유곽에서
나는 몇 번이나 매독을 앓았다……
중독되는 동안 점점 쾌락의 감각이 사라져갔고

그것이 괴로움을 즐기는 유일한 방법이 되기까지

내 안에서 피고 지던 쓸쓸한 소모품들
여전히 붉은 금단을 앓으며
망각은 추방과 같다, 우기는 내 몸을 숙주로
말더듬이처럼 피어나는 허망한 것들

그렇고 그런 뻔한 실마리를 집요하게 추궁하는 참,

2. 메멘토

당신을 찾아야만 한다.
나의 실재를 증명하기 위하여, 미안하지만
엑스트라 당신들이 필요하다.

제각각 다른 시간을 가리킨 채 멎은 시계들이 들어 있는 내 몸
어떤 시간의 태엽을 감고 추적해야 하는지
매순간 깨진 거울 속으로 끌려가
당신들의 증언으로 나를 짜맞춰야 하는
빌어먹을 시간의 몽타주

내가 모르는 당신, 아니
너무 쉽게 잊혀졌거나 달아나버렸거나
투기와 반목으로 내 안에서 초라하게 살해당한 당신들의
그 싸늘한 기억으로부터 사이보그처럼 조립되어 나오는
나, 그리하여

가까스로 입력된 기억이란
사실의 기록인가 자기해석의 재구성인가

당신과 나의 기억 중 어느 쪽을 믿어야 하는가

3. 하여(何如)

물과 불로 세상을 다스린 사디스트
홀연 속을 등진 이 모두 독재자를 닮았다.
독재는 아마추어리즘의 극,

기억으로 검증하는 인생은 무효다.

무슨 소용인가
간섭하지도 외면하지도 말고 오직 내버려두시길
한 철 흘리고는
말짱 잊어버리고 마는, 그로부터

열매가 맺기 시작하였고
인간은 전쟁과 질병과 미망의 자정능력을 가지게 되었으니

지금은 중독의 한철이다.

월간 『현대시』 2010년 8월호 발표

김유석
전북 김제 출생. 1990년 《서울신문》 신춘문예 등단. 시집 『상처에 대하여』

021

왼 쪽으로 기우는 태양

김재근

밤마다 죽은 새의 영혼이 작은 창에 머물다 갔다. 유리창에 남은 입김은 지울수록 선명해지고 태양이 오를 때까지 걸어야겠군. 가축의 손을 잡고 짐승의 눈빛으로.

불빛에 밤이 희석되었군. 멀지 않은 곳에서 인디언들은 천막을 치고 푸른 연기가 피어올랐다. 밤공기에 맞춰 뺨을 부비는 건 그들만의 언어였고 연기는 몹시 매웠다. 비탈에 타오르는 구름과 바람의 연대기.

물갈퀴를 달고 달리는 사람은 외롭다. 가축의 눈을 들여다보면 전생을 건너온 물결이 찰랑인다. 내 팔은 오래 전 무엇이었을까. 가려워 팔을 흔들면 겨드랑이에서 쏟아지는 종이비행기들.

밤하늘은 음악들로 반짝인다. 바람의 습기는 흐리게 흔들려 우린 지하로만 달리는 기차 레일소리에 맞춰 잠들지. 차창마다 벌레의 울음을 싣고 신전의 문을 두드리지.

너희는 벌레로 왔으니 두꺼운 얼굴과 수염이 필요하겠군
입을 벌려 너희는 나의 말을 받아먹어라

아름다운 멜로디에서 한 키 더 올리면 수면 아래가 보였다. 나의 Y염색체는 친절해요. 당신의 목소리와 미소는 나의 염색체에서 훔쳐온 거예요. 당신의 눈은 푸른 물속. 아침을 지나 오후로 더 낮은 오후로 양떼를 몰고 가는 중이지만 당신이 달아날 거란 걸 알아요.

내 혈액의 수위는 늘 차고 어두운 음역. 검은 피아노를 두드리는 곳. 풍향계가 멈춘 곳에서 왼 쪽으로 태양이 기우는 걸 본다. 그림자의 손을 잡고.

월간 『현대시학』 2010년 5월호 발표

김재근
부산 출생. 2010년 《창작과 비평》 등단.

022

고독의 셔츠

김중일

빈방 속의 텅 빈 시계

셔츠, 셔츠 셔츠, 셔츠 셔츠 셔츠 정숙하고 민첩한 열두 발로 방안 곳곳을 벽시계가 기어다닌다 내가 지금까지 발견한 벌레의 사체는 하나같이 박제처럼 온전히 죽어 있었다 벽시계는 그 벌레들의 둥근 무덤이다

형은 진심으로 나를 사랑했으며 흰 셔츠를 나부끼며 창문 아래로 떨어져 죽었다 형은 나와 줄곧 같은 방을 썼으며 거의 집에 들어오지 않았다 형은 목이 길었고 흰 셔츠를 즐겨 입었으며 나는 그것을 거의 매일 훔쳐 입었다 흰 셔츠는 달콤해 보였으며 작열하는 태양은 물론 차가운 달빛 아래서도 아이스크림처럼 녹아 흘러내릴 것 같았다 셔츠 때문이 아니라 형은 종종 나의 멱살을 잡았고 남은 한 손으로 나를 후려치려고 했다 단추를 끝까지 채운 셔츠의 목깃은 마치 누가 반듯하게 접어놓은 종이비행기 같았다 형은 빈방에서 혼자 종이비행기를 접어 날리는 꼬마처럼 말이 없었다 그때 이미 나는 형의 셔츠를 훔쳐 입고 형이 접어 날린 종이비행기에 멱살 잡힌 채 잿빛에 가까운 초록 덤불 속의 마을 위를 날고 있었다

셔츠 목깃 위에 묻은 마을

그곳에서는 고독하다면 셔츠를 벗어라 나는 셔츠를 벗지 않는다 그곳에서도 고독하다면 셔츠를 벗어라 나는 셔츠를 벗지 않는다 내가 만세를 부르면 셔츠의 주름은 울고, 내가 악수를 청하면 금세 지루해하며 손을 뺀다 온종일 접혔던 셔츠의 목깃을 펼치자 거기 지금 막 버리고 온 마을이 새까맣게 옮아 있다 오늘 밤은 이미 하얗게 포말을 일으키며 밀려오는 밀려가는 파도 같은 주름들이 셔츠 위에

가득하다 나는 당신의 혀를 쓰다듬을 것이다 울적한 혀는 피곤하고 착한 개처럼 내 입속에서 잠들 것이다 오늘 밤 나는 당신에게 너무 많은 노래를 부르지 말기를 당부한다

나는 셔츠를 벗지 않는다

온종일 접혔던 목깃을 펼치고 종이비행기처럼 작은 날개로 한번 날아봐야지 새까만 마을 위로, 하늘색 셔츠 위로, 채워진 계절의 단추처럼 철새들이 매달려 있다가 떨어진 단추처럼 이제 흔적도 없는데 이탈한 음표와 같이 튀어오르기 위해 셔츠를 벗고, 나는 셔츠를 벗지 않는다 사기 화분처럼 새하얀 셔츠에 가늘고 긴 목을 심고 얼굴이 활짝 열릴 때까지 나는 셔츠를 벗지 않는다 하얗게 찢어진 어젯밤의 셔츠를 오늘도 벗지 않는다 원하는 게 무엇인가요 뭐가 문제인가요 당신은 피 묻은 셔츠처럼 나의 온몸을 처절하게 끌어안아 줄 수 있나요 셔츠를 벗으면 내 몸은 막 가면을 벗은 듯 눈부시게 어색하고, 표정의 주름을 잃고 시간의 증거를 잃고 기억의 얼굴을 잃을 텐데 그런 내 알몸을 안아 줄 수 있을까요 우리 같이 사진 찍어요 바닥에 버려진 피 묻은 셔츠와 함께 둘 다 죽은 채로 우리는 포즈를 잡았다 카메라는 셔츠 셔츠, 셔츠 셔츠 셔츠 쉴새없이 플래시를 터뜨리며 찍어대고 있다

바로 입으면 밤이고 뒤집어 입으면 낮이다

꿰매어져 있는 시간의 재봉선을 시곗바늘이 풀어헤친다 거대한 각질과도 같은 내 흰 셔츠도 조만간 바람에 떨어져나갈 것이라는 조급함과 불안감의 저 끝에서부터

마치 마차가, 마침 마차가, 마지막 마차가, 막차가

자갈투성이 산길을 내달리듯 내 접힌 목깃 위를 달리고 있다

이보게 진심으로 사랑받고 있다는 불안감에 대해 알고 있나 이보게 자네는, 진심으로 사랑받고 있다는 불편함에 대해 알고 있나 죽은 자들로부터, 진심으로 사랑받고 있다는 고독에 대해 알고 있나

흰 셔츠 목깃에 얼굴을 파묻고 도주하는 밤 흰 셔츠 목깃을 검게 묻은 먼지를 털고 고독한 자여 이제 진공의 감정 속에서 온갖 주름으로 꽁꽁 묶인 그 셔츠를 벗어라 지금 당장

셔츠 셔츠 잡귀의 발자국 소리
셔츠 셔츠 셔츠 죽은 학살자가 이끄는 유령 군대의 행군 소리
바로 입으면 한밤중이고
뒤집어 입으면 백주 대낮이었다

월간 『현대시학』 2011년 5월호 발표

김 중 일
서울 출생. 2002년 《동아일보》 신춘문예 등단. 시집 『국경꽃집』

발설

김 지 녀

조개처럼 두 개의 껍데기가 있다면
스스로 나의 관 뚜껑을 닫을 수 있겠지
닫히는 순간 열리는 어둠 속에서
나는 가장 사적이고 사색적인 공기를 들이마시고
모래나 바다 속으로 숨어버릴 거야
입술이 딱딱해질 거야
오늘은 무얼 먹을까?
어떤 옷을 입지? 이런 걱정들로 분주한
나의 인생을 어리고 부드러운 속살로 애무해줘야지
내 몸 어딘가에 있는 폐각근(閉殼筋)을 당겨
살아 있는 동안
죽어 있는 것처럼
한 번 닫히면 절대 열리지 않을 테다
이런 생각으로 미간을 찌푸리고
다섯 개나 열두 개의 주름을 만들어
감추고 싶은 말들을 꽉 물고 놓아주지 않을 테다
두 손을 모아 기도할 거야
하나의 사원처럼
돌멩이처럼
조개는 고요하고 엄숙하다
죽고 난 뒤에 입을 벌린 조개껍데기 속 무늬에는

누구에게도 말하지 못한 시간들이 층층이 쌓여 있다

계간 『시인시각』 2010년 가을호 발표

김 지 녀
경기도 양평 출생. 2007년 《세계의 문학》 등단. 시집 『시소의 감정』

이 책

김행숙

낭독을 하겠습니다. 나는 이 책의 저자를 알지 못하지만, 킁킁 짐승의 냄새를 맡듯이 책의 숨소리, 문체를 느낄 때.

내가 이 책을 쓰고 있다고 생각해요. 이 책 뒤에 숨겨진 사랑을 내가 은신시켰다고 생각해요.

아아, 나는 사랑 없이 단 한 문장도 쓰지 못해요. 바람에 맡겨진 나뭇잎 같은 마음으로 낭독을 하겠습니다.

익사하려는 사람이 서서히 잠수하는 마음으로, 그렇게 고개를 숙이며 낭독하겠습니다. 익사하려는 사람이 갑자기 허우적거리는 마음으로, 그렇게 머리를 쳐들며 낭독하겠습니다.

이 책을 부정하고, 강하게 부정하는 마음으로 낭독하겠습니다. 나는 한 글자 한 글자 녹일 듯이 뜨거운 목소리를 냅니다.

목소리에게 허공은 펄럭이는 종이입니까. 내 목소리도 하얗고 허공도 하얗습니까.

목소리는 허공을 만지고 허공은 목소리를 만집니다. 이 책이 낭독되고 있습니다. 내 목소리도 만질 수 없고 허공도 만질 수 없습니까. 지금도.

지금도 이 책은 이 책입니까.

계간 『시와 사상』 2010년 가을호 발표

김행숙
서울 출생. 1999년 《현대문학》 등단. 시집 『타인의 의미』 외.

025

지구[1]

김 현

푸른 눈은 끝내 볼이 좁은 수도원[2] 앞마당에 멈춰 섰다. 마지막 잉크병이 함락되며 암흑으로 물든 성은 다 돌아간 카세트테이프[3]처럼 고요했다. 푸른 눈은 새끼발가락부터 힘껏 전류를 끌어올렸다. 침몰 직전의 긴그린기린처럼 속눈썹이 푹푹 내려왔다 올라갔다. 푸른 눈빛이 다시 한 번 빛났다. 푸른 눈은 암암리에 360도를 회전했다. 어디를 비춰도 화면조정 커튼이 내려진 맨홀들뿐이었다. 위태롭게 연결되어 있던 푸른 눈의 실핏줄들이 불꽃을 떨어트리며 하나둘 끊겼다. 그때마다 성 전체가 깜박거렸다. 우두커니 빛이 사라지기 시작하는 잿더미 속에서 푸른 눈은 비로소 자신이 이곳에 남은 마지막 시시한 가로등[4] 로봇임을 인정했다. 푸른 눈은 앤솔로지 피복이 은유적으로 벗겨진, 행성에서 가장 얇고 긴 외다리를 자동기술로 해체했다. 별자리 경전이 새겨진 수도원 마당 위로 분리된 다리들이 대구를 이루며 제단처럼 쌓였다. 덩그렇게 솟은 푸른 눈은 우주 거미의 거미줄을 향해 노래를 읊으며 최후의 눈빛을 밝혔다. 검은 연기와 함께 푸른 눈이 침침하게 사라졌다. 흑백 눈물이 활활 흩날렸다. 하늘 위로 수억 개의 속눈썹 홀로그램들이 떠올랐다.

우주 거미는 거미줄에 붙은 속눈썹들을 똥구멍에 가득 싣고 사라진 행성 기록 보관소를 향해 여덟 개의 로켓 다리를 틀었다. 잿빛 거미줄이 걷히자 트렌실흰나비배추벌레[5] 떼가 몰려와 소등된 푸른 성을 야금야금 갉아먹기 시작했다.

1) 태양계의 행성 중 하나로 인류가 살았다. 고독으로부터 세 번째 궤도를 돌았으며,

달을 위성으로 가지고 있었다. 행성을 둘러싼 얇고 투명한 자기가 고독에 가까워지면서부터 새까맣게 구멍이 나기 시작했다.

2) 수사나 수녀가 일정한 규율 아래 공동생활을 하면서 수행했던 곳으로, 결국에는 유효기간이 얼마 남지 않은 복제인간들과 사이보그들이 일정한 침묵 아래 공동생활을 하면서 죽음을 기다리던 곳이 되었다. 남은 유효기간에 따라 선출된 수도원장의 지도로 매일 미사와 성무시도(聖務時禱)를 행했다. 철학과 수학으로 미를 배웠으며 노동으로 시를 지었다. 수도원 내에는 도서관, 극장, 병실 그리고 묘지까지 일체의 것을 자급자족하게 되어 있었다.

3) 감정을 기록할 수 있는 감정테이프를 장치한 작은 유리갑. xx63년 네덜란드 필립사(Phillip社)가 개발하여 오랫동안 사용되었으나, 감정의 쓸모가 불필요해짐에 따라서 오토리버스 되지 못하고 자취를 감췄다. — 『사라진 사물 기록 보관소』 중에서.

4) xx68년 다기능 가로등 로봇 제작이 이루어지기 전까지 가로 교통의 안전과 보안을 위하여 가로를 따라서 설치된 조명시설. 설치 장소에 따라 다양한 가로등이 사용되었다. 전주의 끝 부분을 구부려서 그 끝에 등을 다는 예술가형, 전주의 끝 부분에서 가로로 가지를 뻗게 하여 거기에 등을 다는 수학자형, 전주의 머리에 등을 다는 철학자형 등의 전주 양식이 있다.

5) 베니아배추흰나비의 유충. 몸은 연두색을 띠며 잔털이 몸 표면에 빽빽이 돋아 있다. 베니아배추흰나비는 은하성력으로 한 이에로에 한 번 초속 1cm 정도의 노르스름한 알을 낳는데, 이 알이 연두색으로 바뀌면서 애벌레로 변한다. 다 자란 유충은 시든 행성을 갉아먹고 입에서 트렌실을 뽑아내 몸을 묶은 뒤 번데기가 된다.

계간 『시작』 2011년 봄호 발표

김 현

강원도 철원 출생. 2009년 《작가세계》 등단.

조롱의 문제

나 희 덕

조롱은 새를 품은 채 날아가고 싶었다
그러나 철망 사이의 공기 함량이 너무 적었다
조롱의 문제는 무거움보다 조밀함에 있었다
가늘고 촘촘한 정신을 두른 조롱은
새의 눈이 조금씩 어두워지는 동안 조금씩 녹슬어갔다
녹슬어간다는 것은
느리게 진행되는 폭발과도 같아서
붉게 퍼지는 말들이 조롱을 갉아먹었다
조롱은 녹슨 방주처럼 천천히 가라앉고 있었다
새가 가진 것은 조롱 속의 허공,
새가 할 수 있는 일은 울음소리를 흘려보내
조롱 안과 밖의 공기를 드나들게 하는 것이었다
닻줄 구멍에서 닻줄을 끌어내듯
하루에도 수십 번씩 날개를 파닥이는 것이었다
물론 조롱에게는 작은 문이 있었다
그러나 문을 열고 닫는 것은 조롱 밖의 권한이었다
물과 모이를 갈아주는 손은
이내 문을 닫고 어디론가 사라졌다
닫힌 문으로 절망은 더 잘 들어왔지만
철망 사이로 스며드는 빛이 그들을 견디게 했다
희박해지는 공기 속에서

계간 『문학과 사회』 2010년 가을호 발표

나 희 덕
충남 논산 출생. 1989년 《중앙일보》 신춘문예 등단. 시집 『야생사과』 외.
〈김수영문학상〉, 〈김달진문학상〉 등을 수상.

모래수렁

마 경 덕

달리던 바람이 잠깐 몸을 눕히는 바람의 집. 사막을 떠돌다가 발바닥을 데인 바람이 마른 모래 속에 발을 묻는 곳, 이때 깊은 수렁이 생긴다. 세상에서 버림받은 바람들이 모여들면 사막은 바람을 매장하고 곳곳에 봉분처럼 사구(砂丘)를 쌓는다. 갇힌 바람은 지나가는 발소리를 끌어들여 아직 살아있음을 확인한다.

죽은 척하는 유사(流砂), 때론 회오리에 말려 기절도 하지만 지상으로 내려오면 곧 깨어난다. 전갈이 독침을 들이대도 눈알 한 번 굴리지 않고 수만 년, 바람을 따라 꿈틀거리는 유순한 모래들.

미세하고 부드러운 입술을 가진 유사(流砂)의 식사법은 천천히 진행된다. 비명을 낚아챈 뒤 두 눈을 뜨고 제 죽음을 확인하도록 내버려두는 것은 오래된 그들의 식사예절, 질긴 낙타의 무릎은 정처없이 떠돌다 온 바람의 뼈를 닮아 가끔 목구멍에 걸린다. 낙타의 젖은 콧잔등, 어지러운 수화, 수천의 터번을 순장한 유사는 늘 침묵한다. 마지막 유언조차 기록하지 않는 것은 그들의 불문율.

바람의 혀가 닿아 죽은 자의 뼈에 구멍이 났다. 먼지가 된 뼛가루는 바람을 타고 그 무덤에서 나올 수 있다.

계간 『시로 여는 세상』 2010년 봄호 발표

마 경 덕
전남 여수 출생. 2003년 《세계일보》 신춘문예 등단. 시집 『신발論』

등

문정영

거울에 비친 등은 쓸쓸하다. 죽은 날벌레 같은 뾰루지 몇 개 달고 있다. 원형이 사라진 엉덩이와 뼈대가 보이는 척추를 따라 머리칼은 오래된 이력처럼 적을 것이 없다. 내내 앞의 눈치에 뒤를 열어두지 못한 사내의 모습이 거기 있다. 사랑은 앞에서 오는 것이라고, 뒤태를 소홀하게 대하더니 어느 하나 비추지 못한다. 귓속말처럼 등은 소소한 일을 처리하면서 많은 굴욕을 겪었다. 흔들리지 않고 버티는 중심이 생겼다. 쉽게 붉히는 얼굴을 가진 앞은 결핍성을 감추고 있다. 등은 스스로를 비추는 줄 모르고 비춘다. 등은 뒤돌아서도 등이다.

계간 『시안』 2011년 봄호 발표

문정영
전남 장흥 출생. 1997년 《월간문학》 등단. 시집 『잉크』 외.

029

어떤 부름

문태준

늙은 어머니가
마루에 서서
밥 먹자, 하신다
오늘은 그 말씀의 넓고 평평한 잎사귀를 푸른 벌레처럼 다 기어가고 싶다
막 푼 뜨거운 밥에서 피어오르는 긴 김 같은 말씀
원뢰(遠雷) 같은 부름
나는 기도를 올렸다,
모든 부름을 잃고 잊어도
이 하나는 저녁에 남겨달라고.
옛 성 같은 어머니가
내딛는 소리로
밥 먹자, 하신다

계간『미네르바』2010년 가을호 발표

문태준
경북 김천 출생. 1994년《문예중앙》등단. 시집『그늘의 발달』외. 〈소월시문학상〉등을 수상.

독서

민구

나는 조용히 박쥐떼가 우글거리는 동굴로 들어갔다 산 아래부터 길을 인도하던 빛은 두려운 존재를 맞닥뜨린 듯 어느새 저만치 물러나 있었다

주머니 속의 두 손은 눈앞이 캄캄해진 틈을 타서 황급히 시야를 빌려 왔고, 아무것도 보이지 않는 눈알은 처음 망치를 쥐어본 이처럼 허공의 만만한 자리를 골라 쾅쾅 못을 박기 시작했다

나의 내부, 기울고 습한 창고에서 꺼낸 연장은 녹이 슬고 날이 무뎠지만 어둠의 세계에서는 무엇이든 자르고 끼워 맞추기 또한 쉬웠다

불현듯 머릿속을 지나는 산양의 엉덩이를 때려 침대를 만들고 현관을 달기 위해 재채기를 했다 연탄가스를 마신 기억을 떠올리자 지붕 위로 검은 새가 날고, 한 사발 제때 들이켠 국물로 집 앞 호수에 보트가 떴다

나는 내가 못 박은 것이 누군가의 옷자락임을 알 수 있었다 그는 커다란 대못이 박힌 외투를 벗었다 나는 천천히 그의 알몸에 새겨진 문신을 읽어나갔다 어떤 그림은 그의 살갗에 스몄고, 어떤 문장은 몸 밖으로 날아가서 동굴 천장에 매달렸다

자정을 알리는 종이 울리자 나는 돌아가야 했다 무언가 근사한 건물이 하나 세워지리란 기대를 풀어 허기진 배를 달래고 자리에서 일어났다

계간 『詩로 여는 세상』 2011년 봄호 발표

민구
인천 출생. 2009년 《조선일보》 신춘문예 등단.

031

구름으로 말하는 법

박남희

비가 올 때 천둥 번개가 치는 것은
하늘에서 누군가 구름으로 말하는 것이라는 것을 아니?
하늘이 말없이 눈물 흘리다가 북받쳐 올 때
탄식소리처럼 터져 나오는 말,

그 말은 구름의 말처럼 보이지만 사실
누군가 구름으로 말하는 것일 뿐이야
구름은 말이 쌓여서 된 것이라서
구름만의 방언을 가지고 있지
하지만 그 방언은 비유로 되어 있어서
아무나 그 방언을 사용하지는 못하지

이 땅에서 구름의 방언을 사용할 수 있는 존재는
제 안에 구름의 허기를 가지고 있는 것들뿐이야
아무리 먹고 먹어도 배가 고픈 구름은
달콤한 팝콘이나 솜사탕의 계보를 가지고 있는지도 몰라

넌 구름에 중독된 사람을 본 적이 있니?
한 순간 뭉게뭉게 피어나 하늘에 온갖 형상을 만들다가
한 순간 비가 되어 내리는 구름의 속성을 닮은
구름의 몽상가를 본 적이 있니?

구름으로 꿈을 꾸다가 끝내 구름 때문에 배가 고픈
노숙자를 본 적이 있니?

그들이 노숙을 즐기는 것은 구름이 식량이고 이불이라는
믿음이 있기 때문이지

그런데, 바람아 넌
구름으로 말하는 법을 아니?

계간 『열린 시학』 2011년 봄호 발표

박남희
경기 고양 출생. 1997년 《서울신문》 신춘문예 등단. 시집 『고장난 아침』 외.

032

세한도, 봄꿈

박성현

당신의 몸에 바람이 파고든 흔적이 있다.

그 흔적의 깊이와 완력은 당신 속으로 내려앉았던 돌 하나의 무게, 그러니까 잔설이 멈춘 순간이다.

붓이 까마득한 벽에 닿았을 때 시간의 연골이 바쁘게 빠져나갔다.

속이 패이고 거죽만 남은 목어가 간신히 지느러미에 묻은 흙을 털었던 것인데

지천에 널린 반백의 입술들이 쏟아낸 것은 말이 아니라 울음들이 뒤엉킨 소리였다.

단단한 것들이 피고 지는 몸에 다시 꽃잎이 터지고 허공은 그만큼 밀려났으며, 또한 살과 뼈의 경계는 분명해졌다.

바람 한 무리가 새의 겨드랑이를 흔들거나 낙타 위에 앉아 휘파람을 불었다.

그러니까 멸(滅)이 통(通)의 관자놀이를 때리고서야 당신은 봄꿈에서 깨어난 것이다.

격월간 『유심』 2010년 11~12월호 발표

박성현
서울 출생. 2009년 《중앙일보》 신춘문예 등단.

033

아현동 블루스

박소란

부랑의 어둠이 비틀대고 있네 텅 빈 아현동
넋 나간 꼴로 군데군데 임대 딱지를 내붙인 웨딩타운을 지날 때 불현듯
쇼윈도에 걸린 웨딩드레스 한 벌 훔쳐 입고 싶네 나는
천장지구 오천련처럼 90년대식 비련의 신부가 되어
굴레방다리 저 늙고 어진
외팔이 목수에게 시집이라도 간다면 소꿉질 같은 살림이라도 차린다면
그럴 수 있다면 행복하겠네 거짓말처럼
신랑이 어줍은 몸짓으로 밤낮 스으윽사악 스으윽사악
토막 난 나무를 다듬어 작은 밥상 하나를 지어내면
나는 그 곁에 앉아 조용히 시를 쓰리 아아 아현동, 으로 시작되는
주린 구절을 고치고 또 고치며 잠이 들겠지 그러면
파지처럼 구겨진 판잣집 지붕 아래
진종일 품삯으로 거둔 톱밥이 양식으로 내려 밥상을 채울 것이네
날마다 우리는 하얀 고봉밥에 배부를 것이네
아아 그러나 나는 비련의 신부, 비련의
아현동을 결코 시 쓸 수 없지 외팔의 뒤틀린 손가락이
식은 밥상 하나 온전히 차려낼 수 없는 것처럼
이 동네를 아는 누구도 끝내 행복할 수는 없겠네

영혼결혼식 같은 쓸쓸해서 더욱 찬란한 웨딩드레스 한 벌
쇼윈도에 우두커니 걸려 있고 그 흘러간 시간의 언저리
도시를 떠나지 못한 혼령처럼 서 있네 나는

계간 『창작과 비평』 2010년 가을호 발표

박소란
서울 출생. 2009년 《문학수첩》 등단.

034

타임래그2*

박수현

오월의 봄꽃들이 다 진 뒤 서울을 떠났는데
그곳엔 환각처럼 사월의 봄꽃들이 한창이었다
암자주빛 수수꽃다리가 숭어리째 흔들리자
한 무리 구름떼가 간지러운 듯
더 크고 환한 민들레며 해당화 할미꽃까지 까르르 뱉어내는 들녘이었다
나는 그곳에서 아무도 봄이라고 말해주지 않던 첫 번째 봄을 떠올렸다
조용히 왔다가 혼자 져버린 봄을,

이곳은 저녁 7시 서울은 오전 11시
다른 두 개의 숫자판이 있는 시계를 손목에 차고 있지만 생각은 자꾸 한 방향으로 감긴다
너무 멀리 떠나와
그대를 사랑했던 명백한 사실도 희미해지는 이 저녁
산책길 막다른 골목길에서는 늘 검은 새떼를 만난다
날개를 펼치면 비로소 죽지의 진홍 무늬가 드러나는 새
깃털을 세우고 온몸을 떨며 꽁지를 들썩이며 운다
도륵독독 도르륵 독독
붉은 마음을 건너 늪을 휘돌며 운다
늪가 부들이 소스라치며 날을 세운다
수면에는 파문이 첫 키스의 떨림처럼 번지고
그 무늬는 다시 새의 울음으로 기록되어
그대의 꽃대를 흔든다

나비핀을 머리에 꽂은 첫 번째 것들의 노래가
리플레이 리플레이 허공으로 솟구친다

초록 밀밭 사이로
사랑하기엔 너무 늦은 두 번째 봄이 발꿈치를 들고 걸어가고 있다
구름을 베고 누운 어떤 연인들은
검은 날개를 일제히 접는 저녁 늪가에서
흩어진 새의 울음을 모으기도 하리라

* 타임래그: 장거리 여행 후 시차로 인한 현기증(vertigo), 불면, 불안정감 등의 제 현상.

계간『문학마당』2010년 가을호 발표

박수현
경북 대구 출생. 2003년《시안》등단. 시집『운문호 붕어찜』

고양이가 넘어 가는 담장

박 연 숙

천천히 유리창을 열었다 닫는다
이것은 고양이에게 배운 고양이의 언어

유리창에 혓바닥을 대어 본다
이것은 담장을 넘는 장미에게 배운 언어

장미꽃잎을 펼쳐 본다
고양이 등을 쓰다듬고 온
혀가 뾰족해져 있다

곡선의 등허리로
담장을 넘는 고양이 피칠갑되어 있다
장미가 담장 밖으로 길을 내는 방식이다
오랜만이라는 듯

느슨하게 틈을 열어 고양이를 받아 준 담장은
다시
꼿꼿하게 척추를 세운다

혀에 장미가 놀고 간 자국 한창이다

월간『현대문학』2011년 5월호 발표

박 연 숙
경기도 이천 출생. 2006년《서시》등단.

036

국경

박 주 택

이웃집은 그래서 가까운데
벽을 맞대고 체온으로 덮혀온 것인데
어릴 적 보고 그제 보니 여고생이란다
눈 둘 곳 없는 엘리베이터만큼 인사 없는 곳
701호, 702호, 703호 사이 국경
벽은 자라 공중에 이르고 가끔 들리는 소리만이
이웃이라는 것을 알리는데
벽은 무엇으로 굳었는가?
왜 모든 것은 문 하나에 갇히는가?

문을 닮은 얼굴들 엘리베이터에 서 있다
열리지 않으려고 안쪽 손잡이를 꽉 붙잡고는 굳게 서 있다
서로를 기억하려는 것이 큰일이나 되는 듯
더디 내려가는 엘리베이터를 쏘아본다
엘리베이터 배가 열리자마자
국경에 사는 사람들
확 거리로 퍼진다

계간 『문학과 사회』 2010년 여름호 발표

박 주 택
충남 서산 출생. 1986년 《경향신문》 신춘문예 등단. 시집 『시간의 동공』 외. 〈현대시작품상〉, 〈소월시문학상〉 등을 수상.

037

외연

박 찬 세

여름감기에 걸리면 책상위에 죽어가는 매미를 올려 둔다
날개를 접고 떨고 있는 매미의 다리에 한기를 옮겨 심는다
-외로울 것, 그리워하다 죽어갈 것

구부러진 나무 아래서
죽어가는 매미를 주워 붓 끝에 올려 두었다는 남자와
붓이 되기 위해 떨림을 멈추었다는 매미를 생각한다

빛을 향해 구부러지는 나무와
어둠 속에서 웅크리고 꿈꾸는 남자는 같은 외연을 배회하다 간다
구부러지며 더 많은 그늘을 거느린다는 점에서 그늘은 유전이다
하여, 나무는 반듯해지기 위해 관이 되고
사람은 반듯해지기 위해 관에 눕는다

그런데, 어떤 마음이 관 속에서 머리카락을 자라게 하는 것일까
남자는 죽은 매미의 날개를 먹물에 적셔 나무를 그렸다고 한다

비가 내린다
여름의 외연이 끓는다
체취의 시점에서 비와 매미와 감기는 일인칭일 것이다
체취를 벗어나기 위해 그늘 속에서 울다 가는 사람이 있다

그믐달이 구름을 벗어나는 찰나 그리운 이름을 부르면
그 사람의 꿈을 입을 수 있다는데

너의 이름은 어느 구름을 앓고 있는지
매미의 까만 눈이 청동에 이르기까지
눈물을 닦을 때 떨어진 너의 눈썹을 매미의 더듬이로 읽는다

언제나 인간은 인간에게 외연이었다

계간『다층』2010년 가을호 발표

박 찬 세
충남 공주 출생. 2009년《실천문학》등단.

운지법

박해람

울음의 밖에 혼자 서 있는 흐느낌을 본 적이 있다. 한참동안 울음을 달래던 그 흐느낌

울음을 틀어막는데 몇 채의 구름보기를 사용했다
손가락에서 나올 수 있는 말들이란 뻔히 알고 있는 것들이지만 열 개의 손가락을 다 버릴 수가 없다
구멍을 피해 다녔던 곳마다 후렴이다
물오른 나뭇가지가 아닌, 긴 막대기를 들고 팔 아픈 곡(曲)을 연주하는 지경에 이르러
줄기들마다 생장점이 만져지는,
가두어 놓고 있던 소리들이 튀어나와 음역을 찾아간다.

물은 돌 사이에 고이고
꽃 그림자는 물에 고이는 것이라는데
돌에 물과 꽃이 같이 고인 일
얼굴을 비추는 수면에 얼굴이 떨어져 흐려지는 물

머리를 숙였던 예의가 훗날 맹인이 되었다지.
녹기 좋아하는 향기는 흰 눈과 섞여 눈송이로 날리고 있을 뿐 누가 짚어보고 간 구멍들인지 바람만 가득 들어 있다

가지마다 붉은 지점을 만들어 놓고
건너가는 개화의 순간들, 짧은 단소 한 자루에 뱀과 같은 음역이 들어 있을 줄이야

갇힌 소리가 내는 음
가늘고 긴 봄날을 울리는 저 운지법은 사실,
호흡법(呼吸法)이다.
어쩌다 기다란 음역에 들어 손끝을 맛본 소리들
쌍꺼풀 없는 음계엔 모래소리만 난다

계간『주변인과 詩』2011년 봄호 발표

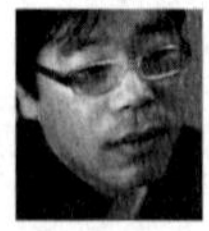

박해람
강원도 강릉 출생. 1998년《문학사상》등단. 시집『낡은 침대의 배후가 되어가는 사내』

039

버드나무를 오래 생각하는 저녁

박현웅

오랜 풍력에도 물이 되지 못한 물의 족(族)
버드나무가 수맥을 찾아 가지를 흔들고 있다
부풀어 오르던 엽록(葉綠)이 소리를 깔며 비처럼 내린다.
수많은 사이가 채워져 한 그루 흔들리는 허공의 물살
수심(水深)이 없는 잎들은 바닥을 알지 못한다는 듯,
푸른 물방울로 바닥을 쳐보고 싶은 것이다

나무를 업고 있는 그림자의 등이 축축하다
버드나무 그늘은 믿을 게 못 된다는 듯 이리저리 옮겨 앉는 오후의 빛
올 봄 물의 길을 물어 연못을 팠다
멀지 않은 곳에 버드나무 꽃이 핀다는 계절의 일이다
한 번도 기억한 적이 없는 꽃
물이 숨 쉬는 것을 보고자 한 일이었다

아래서 위로 솟구치는 물줄기, 물의 줄기란 아래로 흐르는 종족인 줄만 알았다
늦은 밤 내 몸에 귀를 대는 일도
흐르는 몸의 수로를 궁금해 하는 것도 요즘의 일이다
살아서는 저 땅 속의 일가들과 면접(面接)이 없겠다는 생각.

바람도 저마다 뿌리가 달라 색색으로 물드는 나무들
저 버드나무 줄기가 바람의 골격으로 결코 땅에 닿지 않는 것은 순전히 물의 힘이다

허공에도 흐르는 물살이 있다면 저와 같을 것이다
제 몸을 물가로 끌고 가는
버드나무를 오래 생각하는 저녁이다

웹진 『시인광장』 2010년 12월호 발표

박현웅
충북 충주 출생. 2011년 《중앙일보》 신춘문예 등단.

040

시인들

- 이시가와 다쿠보쿠[3]를 생각함

박후기

스물여섯 살, 요즘 같으면 막 무언가를 시작할 나이. 이시가와 다쿠보쿠에겐 가난과 각혈로 얼룩진 생이 이미 끝나버린 때. 죽기 전, 힘겹게 구한 5엔을 손에 쥐고 밥을 먹는 대신 꽃집에 들러 1엔어치 목련과 1엔짜리 꽃병을 샀다는 시인.

목련과 선동가는 다르지 않습니다. 바닥에 떨어진 꽃잎과 선언을 다시 주워 담을 수 없기 때문입니다. 시인은, 다릅니다. 바닥에 떨어진 목련의 혈담(血痰)과 내려앉은 새들의 투병과 사월의 선동을 밥그릇보다 먼저 시라는 꽃병에 주워 담습니다.

그러나 결핍을 모르는 시인은 모자 속에서 시를 만들고 호주머니 속에서 악수를 준비합니다. 그러므로, 밥이 되고 남은 것들이 겨우 시가 되기도 합니다.

3) 石川啄木(1886~1912). 일본의 시인.

계간 『서정시학』 2011년 봄호 발표

박후기
경기도 평택 출생. 2003년 《작가세계》 등단. 시집 『내 귀는 거짓말을 사랑한다』 외. 〈신동엽창작상〉 수상.

가네코 후미코

방민호

밤마다 나는 엘리베이터를 탄다

13층에서 나를 태운 엘리베이터는 마지막 순간까지 하강을 멈추지 않는다 텅, 하는 파열음과 함께 엘리베이터는 산산조각이 난다 날카로운 철골 조각이 내 심장을 찌른다 나는 찌그러진 엘리베이터 문을 열고 나와 집으로 돌아온다

방문을 열면
어둠 속에서 가네코 후미코가 나를 기다리고 있다 은박으로 처리된 그녀의 이름이 어둠 속에서 빛나고 있다 나는 푸른 빛이 감도는 가네코 후미코의 어깨를 어루만진다

당신이 그리웠어 가네코 후미코
당신의 차가운 눈, 꿈결처럼 퍼지는 검은 머리칼, 가늘고 흰 목덜미……

당신처럼 나도
투명한 물에 뿌리 내릴 수 있을까
형체 없는 물을 디디고 푸르게 솟아오를 수 있을까
흙을 버릴 수 있을까

꿈 속인 듯
두 눈을 감고 있는 당신 가네코 후미코

나도 당신처럼 살고 싶어, 피가 다른 사람을 사랑하고 싶어, 조국을 버리고 싶어

스물세 살에 목숨을 버린 가네코 후미코가 독방에 앉아서 수기를 쓰다 말고 말없이 나를 바라본다 바다를 건너왔다 바다를 건너간 내 아름다운 가네코 후미코가 이 밤에도 내게 무정부주의를 타전한다

밤마다 나는 엘리베이터를 탄다

13층에서 나를 태운 엘리베이터가 자이로 드롭처럼 시속 94km의 속도로 수직 하강한다 나는 두개골이 파열되고 척추가 바스라진다 찌그러진 엘리베이터 문을 열고 나와 집으로 돌아오는 나에게 가네코 후미코는 무슨 꽃일까.

웹진 『시인광장』 2010년 10월호 발표

방민호
충남 예산 출생. 2000년 《현대시》 등단. 시집 『나는 당신이 하고 싶은 말을 하고』

042

복사꽃 아래 천년

배한봉

봄날 나무 아래 벗어둔 신발 속에 꽃잎이 쌓였다.

쌓인 꽃잎 속에서 꽃 먹은 어린 여자 아이가 걸어 나오고, 머리에 하얀 명주수건 두른 젊은 어머니가 걸어 나오고, 허리 꼬부장한 할머니가 지팡이도 없이 걸어 나왔다.

봄날 꽃나무에 기댄 파란 하늘이 소금쟁이 지나간 자리처럼 파문지고 있었다. 채울수록 가득 비는 꽃 지는 나무 아래의 허공. 손가락으로 울컥거리는 목을 누르며, 나는 한 우주가 가만가만 숨 쉬는 것을 바라보았다.

가장 아름다이 자기를 버려 시간과 공간을 얻는 꽃들의 길.

차마 벗어둔 신발 신을 수 없었다.

천년을 걸어가는 꽃잎도 있었다. 나도 가만가만 천년을 걸어가는 사랑이 되고 싶었다. 한 우주가 되고 싶었다.

계간『시와 세계』2010년 여름호 발표

배한봉
경남 함안 출생. 1998년《현대시》등단. 시집『우포늪 왁새』외.
〈현대시작품상〉등을 수상.

043

반과 반

백상웅

거기를 지날 때마다 나는 반반을 고민한다.
간판에는 장의사라고 반듯하게 박혀 있고
미닫이문에는 영어로 드럼레슨이라 적힌,
거기는 낡았지만 웃긴 구석이 있다.
관을 짜는 사람과 드럼을 두드리는 사람이
한 건물에 다른 집기를 들여놓고는
한 사람이 염을 할 때, 한 사람은 스틱을 닦을
거기, 나는 그들의 반반이 궁금하다.
다달이 나눠서 내야 할 임대료 문제와
죽음과 음악을 다툼 없이 공유하는 법을
그들은 한 자리에서 해결하고 있을 테다.
후라이드 반 양념 반을 처음 시켜 먹었을 때의
느낌과 사뭇 다른 거기, 시체가 굳는 동안
록큰롤의 비트가 펄쩍 뛰는 이 무엄한 광경.
그들이야말로 경계를 아는 자들이 아닐까.
책상에 그어진 금과 비슷한 그 경계.
여기까지가 하나의 가설이다. 거기 주인이
시체를 닦으며 드럼을 치는 사람이거나
장의사가 망한 자리에 드럼을 치는 사람이
싼 값에 들어온 것 일수도, 그 반대일 수도 있다.
이 가설들도 진실과 거짓 사이의 이야기.
그래서 나는 끊임없이 반과 반을 고민한다.
내 생의 반쪽과 사과 한 알의 반쪽,
적도의 위아래 그리고 건물주와 세입자,

내가 꼭 해야 할 일과 하지 말아야 할 일.
손쉬운 양분법도 거기를 지날 때 시작되었다.
나는 아직까지 거기의 문이 열린 모습을
본 적이 없다. 분명 이 동네에 거기는 존재하지만
드럼 소리와 곡소리를 듣지 못했을 뿐이다.

계간 『시와 반시』 2010년 여름호 발표

백 상 웅
전남 여수 출생. 2008년 《창작과 비평》 등단. 〈대산대학문학상〉 수상.

044

목련의 첫 발음

복효근

밀봉하는 데 석 달은 걸렸겠다
귀퉁이를 죽-찢어 개봉할 수 없는 봉투

펼치는 데 또 한 달은
박새가 울다 갔다

겹겹 곱게 접은 편지

입술자국이나 찍어 보내지
체온이라도 한 움큼 담아 보내든지

어쩌자고
여린 실핏줄 같은 지문만
숨결처럼 묻어 있다

너를 부르자면 첫 발음에 목이 메어서
온 생이 떨린다

그 한 줄 읽는 데만도
또 백 년의 세월이 필요하겠다

월간 『현대시학』 2011년 5월호 발표

복효근
전북 남원 출생. 1991년 《시와 시학》 등단. 시집 『마늘촛불』 외. 〈편운문학상〉 등을 수상.

045

철도의 밤

서대경

철도의 밤이네. 눈 뜨지 않아도, 귀 기울이지 않아도, 어둠 속에 펼쳐진 내 손가락, 내 가방. 기차를 따라 항진하는 내 고통의 소리. 차창을 뒤덮은 성에가 네온처럼 차갑게 빛나고 있네. 그날 밤, 난 방이 형편없는 술집에서 자네와 헤어진 후 무섭도록 많은 가로등들이 켜져 있는 이상한 거리를 헤맸다네. 그러나 그만 길바닥 빙판에 얼굴을 묻고 잠들고 말았지. 그리고 이제 다시, 나는 나의 반복되는 꿈속에 있네. 우울한 마음으로, 내가 타고 가는 기차가 통과해 갈 그 익숙한 수많은 철교들을 생각하며. 자네는 그날 밤 무슨 말을 했던가. 거래처의 P에 대해. 미결서류에 대해. 자네와 J양의 쓸쓸한 연애에 대해. 그러고는 심드렁하게 웃었지. 자네와 나는 말없이 서로를 경멸했네. 그리고 이제, 철도의 밤이로군. 아무래도 나는 오랫동안 깨어나지 않을 작정인 것 같네. 열차는 줄곧 북상하고 있네. 추위가 점점 견디기 힘들어지네. 어째서 나의 꿈속은 이리도 겨울, 겨울뿐이란 말인가. 언젠가는 이 열차가 멈출 테고 그러면 나는 이름 모를 북구의 작은 정거장에 홀로 내려서게 되겠지. 그리고 나는 다시 사무실로 돌아가기 위해 차표를 끊을 걸세. 이것이 언제나 반복되는 내 꿈의 행로일세. 늘 그래왔듯이 자네는 이런 내 말을 믿지 않겠지만 말이네.

이 글이 자네에게 전해질 수 없다는 걸 잘 알고 있네. 어쩌면 꿈 밖의 나는 벌써 깨어 일어나 창백한 몸을 사무실 의자에 기댄 채 내게 할당된 업무 서류를 검토하고 있을지도 모르겠네. 그리고 나와, 나를 태운 이 열차와, 어둠 속으로 뻗어가는 겨울의 어두운 광채와, 기차를 따라 항진하는 내 고통의 소리는 모든 꿈의 운명이 그러하듯이 곧 소멸하고 말 것이네. 하지만 친구, 어쩌면 지금도 자네 곁 사무용 의자에 앉아 있을 나를 나라고 여길 수 있을까? 그럴 수 있을까? J양을? 통근 열차의 흔들림을? 우리 곁을 자전하는 찬란한 업무의 성좌를? 자네는 알고 있을 걸세. 자네는 서류를 필사하는 틈틈이 경멸 어린 시선으로 나를 훔쳐보고 있을지도 모르네. 그러나 자네가 알고 있다는 것, 자네가 부인하는 꿈속의 자네 역시 북구의 어느 이름 모를 정거장에서 돌아오는 기차표를 사기 위해 쓸쓸히 기차시각표를 들여다보고 있을 거라는 사실은 변하지 않을 걸세.

이제 열차는 불 꺼진 공장지대를 벗어나 눈 덮인 황량한 숲 속을 통과하고 있네. 내 앞에는 책상이 있고, 백지가 있고, 그 위로 흘러가는 겨울 가지들의 무수한 검은 선들. 눈 뜨지 않아도, 귀 기울이지 않아도, 나는 내게 쓰도록 명령하는 집중된 허공을, 어둠 속에서 움직이는 내 손의 움직임을 듣고 있네. 자네는 듣고 있나? 들어보게. 밤, 어둠, 고독한 불빛들. 철로를 깨무는 추위, 안개 속으로 사라져가는 철교의 속삭임. 얼굴을 쓸어내리면 두 손에 묻어나는 메마른 불빛. 기차를 따라 항진하는 고통의 소리. 어둠 속에 펼쳐진 내 손가락, 내 가방. 끝없이 이어지는 터널의 어두운 비명을 들으며 나는 자네를 생각하네. 사무실의 뿌연 조명 아래서 서류를 검토하고 있을 자네와 나를 생각하네. J양을 훔쳐보는 우리의 어두운 욕망을 생각하네……. 자네는 듣고 있나? 들어보게. 소멸하는 열차들의 침묵을. 여관방에서 뒤척이는 불면의 밤을. 자네의 눈꺼풀 뒤로 열리는, 영원한 철도의 밤을……….

계간 『문학동네』 2010년 가을호 발표

서 대 경
2004년 《시와 세계》 등단.

046

병산서원에서 보내는 늦은 전언

서안나

지상에서 남은 일이란 한여름 팔작지붕 홑처마 그늘 따라 옮겨 앉는 일

게으르게 손톱 발톱 깎아 목백일홍 아래 묻어주고 헛담배 피워 먼 산을 조금 어지럽히는 일 햇살에 다친 무량한 풍경 불러들여 입교당 찬 대청마루에 풋잠으로 함께 깃드는 일 담벼락에 어린 흙내 나는 당신을 자주 지우곤 했다

하나와 둘 혹은 다시 하나가 되는 하회의 이치에 닿으면 나는 돌 틈을 맴돌고 당신은 당신으로 흐른다

삼천 권 고서를 쌓아두고 만대루에서 강학(講學)하는 밤 내 몸은 차고 슬픈 뇌옥 나는 나를 달려나갈 수 없다

늙은 정인의 이마가 물빛으로 차고 넘칠 즈음 흰 뼈 몇 개로 나는 절연의 문장 속에서 서늘해질 것이다 목백일홍 꽃잎 강물에 풀어쓰는 새벽의 늦은 전언 당신을 내려놓는 하심(下心)의 문장들이 다 젖었다

계간 『시로 여는 세상』 2010년 가을호 발표

서안나
제주 출생. 1990년 《문학과 비평》 등단. 시집 『플롯속의 그녀들』 외.

047

불쾌한 남매들

서윤후

우리는 불쾌해지기 위해서였다.

오후에 태어나 놀이터에 모여 소꿉놀이를 할 때, 관습적인 상상력으로 쭈그리고 앉았기 때문이었다.

출근하고 싶은 누나를 두고, 이름 없는 풀을 빻으며 요리하는 형과 나는 엄마가 되었다.

모래 위의 사회를 선행학습했을 때, 어른을 예감하는 일은 어렵지 않은 일.

지붕 밑의 가훈을 지켜본 적 없는 우리들에게, 받아쓰기보다 중요한 소꿉놀이를 위해서

장래희망란에 모래라고 적어서 냈다.

형과 누나는 손바닥을 맞았고 철들 무렵, 놀이터가 신기루처럼 사라졌을 때 나는 먼저 어른이 되어 있었다.

불편해지기 싫어서 우리는 각자 모래 같은 사랑을 하고 퍽퍽하게 헤어져 돌아왔다.

오빠가 빻아준 풀만 먹고 살아서 남자들은 나를 싫어해.

누나는 텁텁한 속눈썹을 다듬으며 형의 안부를 물었다. 계집애같이 앉아 있더니 결국 오빠도 아빠가 되었잖아.

우리는 모래성을 쌓지 않았다.

어차피 무너질 것을 알았기 때문에 어른스럽게 놀았다.

버르장머리를 배우고, 서로가 되고 싶었던 형과 누나는 모래가 되지 못했다.

신발 속으로 들어왔던 모래들을 꼼지락, 꼼지락 기억하며 놀이터 앞에서 눈으로 모래를 씹는다.

이 풀 맛 나는 모래가 되기 위해서

얼마나 불쾌해져야 할 것인가. 내일을 위한 소꿉놀이에 우리에게도 가훈이 생겼다.

계간 『시와 사상』 2010년 가을호 발표

서윤후
전북 정읍 출생. 2009년 《현대시》 등단.

사쿤탈라(Sakuntala)

손 미

까미유 나는 죄가 많은데, 너에게도 죄가 많고
저 동그라미 좀 치워줘 각 없는, 이 동그란 밤을 없애줘
우리는 밤을 긁어먹지 거대한 공포의 밤을

너와 나의 손목이 또각또각 걸어 다니는 아뜰리에에서
문을 걸어 잠그고 까미유, 너는 나를 조각하지
무릎에 귓불에 어금니에 끌을 박고
더 작게, 더 깊이, 깎고, 긁어 까미유
다리 벌려 나를 다시 낳아줘
사방에 날 선 각(角)

나는 줄 것이 없어, 네 푸른 눈동자에 마요네즈 한 스푼 넣어주었지
부연 세상 뜯길 게 없는 이런 질감이 좋아
네 발목 강물에 던지던 밤 너는
노파처럼 앉아 어항 속 고래를, 그 슬픈 몸뚱이를 오래 만져주었어
너의 균형 없는 자세가 내내 불안했는데

네가 낳은 손톱, 네가 낳은 발가락, 네가 기억한 머리통
까미유 끌로델
돌아오는 나의 생일엔
네가 아직 낳지 않은 나를 깨뜨려 줘 뭉개 흔적이 되게 해 줘
그런데 왜 오래 전부터

우리의 아버지는 같은 자리에 누워 울기만 하는 걸까

내가 부서지기 전, 너는 떠날 것이고
너의 연인만 남아 동그랗게 전시되겠지
까미유,
물에 잠긴 너의 아뜰리에에서

계간『시인세계』2010년 여름호 발표

손 미
충남 대전 출생. 2009년《문학사상》등단.

우체국 앞 평상

손 순 미

길은 저 혼자 우체국으로 들어가 버렸고, 바람은 측백나무 겨드랑이를 부채질하다 기절해 버렸다 우체국 앞에는 한 토막의 평상이 놓여 있고 직원들은 편지를 쓰지 않는 인류의 앞날을 걱정하며 평상 위에 놓인 더위를 구경한다

한 남자가 평상을 향해 걸어온다 남자의 바지를 그대로 갈아입은 그림자를 데리고 온다 남자가 측백나무 쪽으로 평상을 옮기자 그림자는 황급히 배웅을 마치고 돌아간다 못난 남자에게서 태어난 불행한 껍데기는 가라! 노숙에 지친 남자가 겨우 헛소리를 삼키며 평상 위에 눕는다 약지가 없는 남자의 손이 나뭇잎처럼 흔들린다 여름이 이렇게 춥다니!

십자가를 짊어지듯 남자는 평상을 짊어지고 예수처럼 누워 있다 영원히 오지 않을 부활을 꿈꾸지 않으며. 각도를 조금만 비틀면 폭염에 순교한 자로 기록될 광경이다

남자를 태운 평상은, 생각하면 눈물이 핑~도는 모양이다

월간 『현대시학』 2011년 1월호 발표

손 순 미
경남 고성 출생. 1997년 《현대시학》 등단. 시집 『칸나의 저녁』

050

낡은 축음기가 기억하는 기이한 풍경들

송종규

나는 아마 화물차의 맨 아래 칸에 실려 있었을 것이다 멀미하는 내 안에서 수많은 말들이 튀어나와 입을 벌렸을 것이다 시간은 빨래처럼 상수리나무 가지 위에 널려 있었을 것이다 부글거리며 항아리 속에서 끓어올랐을 것이다

상수리나무는 확대되고
편파적으로, 열차는 멎었다

나는 다시, 누군가의 자전거 위에 실려 갔던 듯 하다 그는 침을 묻혀 가며 자주 내 몸을 닦아 주었고 둘러앉은 사람들 앞에서 춤을 추거나 달콤한 엿가락을 팔기도 했다 나는 그를 위해 목이 터지도록 애끓는 사랑을 노래했다

그러던 어느 날, 그는 엿판을 둘러메고 노을 속으로 걸어 들어갔다 자전거의 페달이 삐걱거리며 태양과 구름 너머로 굴러갔다

햇빛과 우레 자욱한
낯선 풍경들

한 줄의 약정서도 없이 나는 버려졌다
위대했던 한 생애를 위해, 나는 나에게, 거창한 약정서를 다시 작성한다
참으로 뜨거운 생애를 살았다고도 새겨 넣는다

내가 목격한 기이하거나 쓸쓸한 풍경은 연기처럼
아직도 내 노래에 묻어 있다
이제 더 이상, 아무도 나에 대해 기억하려 하지 않겠지만

계간 『애지』 2010년 가을호 발표

송종규
경북 안동 출생. 1989년 《심상》 등단. 시집 『녹슨 방』 외. 〈대구문학상〉 수상.

051

슬픔의 뿔

신용목

은빛 문을 달고 하늘이 흘러간다 부드러운
경첩의 고요를 따고

꽃잎 하나 문을 열고 들어갔다
나왔다 가지에서 바닥까지
미닫이 햇살이, 드나드는 것들의 전후를 기록했다 오로지 구름의 필적으로
석양의 붉게 찍힌 이면지 위에

새의 이름으로만 허락된 통행,

문밖으로 추방된 사람들이 손등처럼 말아 쥔 머리를 세워
두드리면

주인은 꽃잎을 날리며 덜컹거리는 한 계절을 닫는다 철문의 마른 소리처럼
반짝이는 빗장 위로 적막이 스쳐갈 때
어둠보다 굳게 닫힌 허공의,

문을 뚫는 바람은 슬픔의 뿔

바닥에 뒹구는 꽃잎의 흰 등을 보면 어느 슬픔이 바람이 되는지 알리, 어느 바람이 뿔을 가는지
문틈에 찢겨 환하게 피 흘리는
석양의 눈 먼 독법으로

혹은 구름의 행갈이로
새가 날면, 차례차례 열리는 문 저 끝에서 먼 밖을 내다보는 주인의 두 귀에
울음으로 짠 밤의 그물을 펼치리
그리하여

경첩에 박힌 못처럼 별이 빛나고
사람들의 머리가 부풀고
밤하늘 아름다운 곡선을 따라 허공의 모든 문이 회전하기를, 그리하여 햇살은
가지에서 바닥까지 슬픔의

월간 『문학사상』 2010년 3월호 발표

신용목
경남 거창 출생. 2000년 《작가세계》 등단. 시집 『바람의 백만 번째 어금니』 외.

인중을 긁적거리며

심보선

내가 아직 태어나지 않았을 때,
천사가 엄마 뱃속의 나를 방문하고는 말했다.
네가 거쳐 온 모든 전생에 들었던
뱃사람의 울음과 이방인의 탄식일랑 잊으렴.
너의 인생은 아주 보잘것없는 존재부터 시작해야 해.
말을 끝낸 천사는 쉿, 하고 내 입술을 지그시 눌렀고
그때 내 입술 위에 인중이 생겼다.*

태어난 이래 나는 줄곧 잊고 있었다.
뱃사람의 울음, 이방인의 탄식,
내가 나인 이유, 내가 그들에게 이끌리는 이유,
무엇보다 내가 그녀를 사랑하는 이유,
그 모든 것을 잊고서
어쩌다 보니 나는 나이고
그들은 나의 친구이고
그녀는 나의 여인일 뿐이라고
어쩌다 보니 그렇게 된 것 뿐이라고 믿어 왔다.

태어난 이래 나는 줄곧
어쩌다 보니,로 시작해서 어쩌다 보니,로 이어지는
보잘것없는 인생을 살았다. 그러나
어떻게 하면 깨달을 수 있을까?
태어날 때 나는 이미 망각에 한 번 굴복한 채 태어났다는
사실을, 영혼 위에 생긴 주름이
자신의 늙음이 아니라 타인의 슬픔 탓이라는

사실을, 가끔 인중이 간지러운 것은
천사가 차가운 손가락을 입술로부터 거두기 때문이라는
사실을, 모든 삶에는 원인과 결과가 있고
태어난 이상 그 강철 같은 법칙들과
죽을 때까지 싸워야 한다는 사실을.

나는 어쩌다 보니 살게 된 것이 아니다.
나는 어쩌다 보니 쓰게 된 것이 아니다.
나는 어쩌다 보니 사랑하게 된 것이 아니다.
이 사실을 나는 홀로 깨달을 수 없다.
언제나 누군가와 함께……

추락하는 나의 친구들:
옛 연인이 살던 집 담장을 뛰어넘다 다친 친구.
옛 동지와 함께 첨탑에 올랐다 떨어져 다친 친구.
그들의 붉은 피가 내 손에 닿으면 검은 물이 되고
그 검은 물은 내 손톱 끝을 적시고
그때 나는 불현듯 영감이 떠올랐다는 듯
인중을 긁적거리며
그들의 슬픔을 손가락의 삶-쓰기로 옮겨 온다.

내가 사랑하는 여인:
삼일, 오일, 육일, 구일……
달력에 사랑의 날짜를 빼곡히 채우는 여인.
오전을 서둘러 끝내고 정오를 넘어 오후를 향해
내 그림자를 길게 끌어당기는 여인. 그녀를 사랑하기에
내가 누구인지 모르는 죽음,
기억 없는 죽음, 무의미한 죽음,
내가 가장 두려워하는 죽음일랑 잊고서

인중을 긁적거리며
제발 나와 함께 영원히 살아요,
전생에서 후생에 이르기까지
단 한 번뿐인 청혼을 한다.

* 탈무드에 따르면 천사들은 자궁 속의 아기를 방문해 지혜를 가르치고 아기가 태어나기 직전에 그 모든 것을 잊게 하기 위해 천사는 쉿, 하고 손가락을 아기의 윗입술과 코 사이에 얹는데, 그로 인해 인중이 생겨난다고 한다.

계간 『문학동네』 2010년 겨울호 발표

심보선
서울 출생. 1994년 《조선일보》 신춘문예 등단. 시집 『슬픔이 없는 십오 초』

053

열병식

심언주

오오오오오오오오오오오오오오오오오오오오
징징징징징징징징징징징징징징징징징징징징
어어어어어어어어어어어어어어어어어어어어

포구에
허수아비들을
줄 세울 수 있다.
모자를 씌울 수 있다.
손에손에 총대를 메게 할 수 있다.
호루라길 불어 조용히 시켜 놓고
모조리 같은 높이로 뛰어오르게 할 수 있다.
공중에서 멈추게 할 수 있다.

너는 바다의 꼭짓점을 끌고 오른다.
바다를 확장시킨다.
오에서
어까지
튀어 오르는 물방울들의 물기를 말려가며
집어등처럼 매달려
우화를 꿈꾼다.

네가 사라진 자리에
윤곽만 남은 세모와 네모.
나는 허공에 빈집을 지어 놓고
혼자서 몰래 그곳을 드나든다.

계간 『창작과 비평』 2010년 여름호 발표

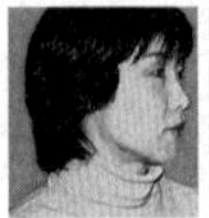

심언주
충남 아산 출생. 2004년 《현대시학》 등단. 시집 『4월아, 미안하다』

054

지명수배자 제1호
-봄

심 은 섭

그는 겨울을 살해한 사형수다 온 몸에 살구꽃 문신이 새겨져 있다 어느 그믐날, 2월의 담장을 넘어 탈옥하여 긴급 지명수배되었고, 인상착의는 벚꽃을 빼닮았다 새들은 몽타주가 인쇄된 수배 전단지를 물어다 온 나뭇가지에 걸어 놓았다

순찰을 돌던 배추흰나비가 그를 체포했을 때 동물원의 침팬지들이 술렁거렸다 아무도 그의 얼굴을 본 적이 없다고, 하지만 그의 전신엔 태양의 모발이 바늘처럼 자랐고, 동면에서 깨어난 비단뱀이 사냥을 위해 앞발을 손질했다.

그가 들판에 구금되던 날, 자폐증을 앓던 패랭이꽃은 우울의 끝이라고 단정했고, 흰 피를 흘리며 순교를 꿈꾸던 암탉은 일곱 마리의 어둠을 부화했다 벽난로가 이마를 식힌다 내 목덜미를 할퀴던 바람도 방죽에 앉아 손톱을 깎는다

계간 『시평』 2011년 봄호 발표

심은섭
강원도 강릉 출생. 2006년 《경인일보》 등단. 시집 『K 과장이 노량진으로 간 까닭』 외. 〈강원문학 작가상〉 등을 수상.

055

미루나무 연립주택

양문규

눈과 비 오고 가는 사이, 꽃 피고 지는 사이, 저 훤칠한 미루나무 공사가 한창이네 반 지하 굴뚝새 연방 고난이도 비행을 하며 굴뚝을 넘나들고, 구불텅구불텅 태양의 빛이 한마당을 이루네 붉은머리 오목눈이 비루한 1층 둥지 속에서 제 몸보다 큰 알을 품고 푸르디푸른 안부를 묻는데, 뒤도 돌아보지 않고 떠나는 저 찬란한 소리 울울창창 숲으로 가고 있네 딱따구리 몇 날 며칠 부리, 부리로 막노동하는 2층 작은 다락방 젊은 날 아버지 맨손으로 들판을 일구던 피눈물 첩첩 묻어 있네 후두둑 빗방울 물고 나는 까치, 해와 달과 별을 따라가다 잠시 3층 난간에 걸터앉아 있네 아직도 봄 멀기만 한데 가난한 시인 긴 빨랫줄에 매달려 옥탑을 오르네 아뇩다라삼먁삼보리 무지개다리도 없이 허공을 건너네 눈과 비 오고 가는 사이, 꽃 피고 지는 저 사이,

반년간 『시산맥』 2010년 상반기호 발표

양문규
충북 영동 출생. 1989년 《한국문학》 등단. 시집 『집으로 가는 길』 외.

056

쿠바로 가는 비자는 없다
-연좌(戀坐) 2

오주리

프롤로그

설날 동생은 올 수 없다고 했다 쿠바로 간다고 했다 그러나 여행사 사정으로 쿠바 아바나(Havana) 행은 미국 옐로스톤(Yellowstone) 행으로 변경되었다

백화(白化)

백지(白紙)가 된 어음을 쥔 아버지를 무릎 꿇린 아들은 거리에 백지를 뿌리다 십자가에서 타올랐고 아버지는 백지에서 아들의 이름을 파냈다가 제 이름이 백지에 떠오르던 날 음독(飮毒)하였습니다

오가(吳家) 나무의 마지막 이파리인 동생은 등에 죄인이라는 주홍갈퀴를 가지고 태어났습니다 나처럼, 언니, 오빠가 시들며 백화(白化)라는 보호색을 입어 갈 무렵

젖을 뺏기 위한, 주홍갈퀴를 단 두 마리 강아지의 싸움. TV에 광장을 행렬하는 군인들이 비치던 해, 총검이 날아와 주홍갈퀴를 베어갔습니다 하지만 닳고 닳은 빗자루처럼 갈퀴의 밑동이 남아

누나, 페인트를 부어도 옷이 하얗게 비쳐

백화(白禍)

넥타이를 맨 시위대(示威隊)가 아파트로 밀려와 박수를 부를 때, 흔들리는 섀시처럼 나는 아버지의 다리를 붙들었습니다

피켓을 든 시위대(侍衛隊)가 아버지의 극장으로 몰려올 때, 카메라는 "우리의 아이들을 지킵시다"라는 효과음을 녹화하였습니다

아버지의 원고에 찍힌 주홍글씨는 「아름다운 나라」의 모독이었는데
아이들이 「아름다운 나라」의 병정(兵丁)들이었나

뉴스의 타이틀은 아버지라는 「배드 뉴스(Bad News)」, 그 앞에서 우리는 아이들이 아니야 눈은 음소거가 되었습니다

아버지는 「아름다운 나라」의 병정들이 사라져간 정글로 떠나 원숭이의 왕이 된다며

그렇게 아버지는 산스크리트어로 눈[雪]이라 불리는 여자와 한 집이 되었습니다

아버지를 유산(流産)하는 빈집의 나는 파우더를 두드렸습니다 내 골상의 백화(白禍)는 고백컨대 자상(刺傷)이었습니다

백화(白花)

넥타이를 맨 동생이 "당신의 계란을 쌓아드립니다, 천국으로 가는 계란"이라 외치는 동안, 나는 긴 의자의 백일몽(白日夢)이 되었

습니다 동생이 썩어가는 계란 중 가장 단 것을 내 입에 흘려주며

누나, 우리도 「아름다운 나라」에서 태어났으면 혁명가의 자손이야

절반이라곤 없는 혁명가, 낮과 밤의 대칭이 밤으로 기울 무렵, 쌀창고를 불살랐단다 오가의 입들은 검은 쌀을 문 반함(飯含)이 되었단다

누나, 우리도 「아름다운 나라」에서 태어났으면 주홍갈퀴에서 기타소리가 울렸을 거야

칼로스 타나토스(kalos thanatos), 혁명, 그것은 칼로스 타나토스
뼛가루가 된 몸이 불현듯 화약이 될 때, 혁명가, 그 탄환은 자신이란 과녁에 발사됐다고
칼리폴리스(kallipolis), 죽은 자들의 「아름다운 나라」, 칼리폴리스
그대의 열(熱)은 병(病)이 죽음보다 길기 때문. 사람이 사람으로 죽으니 얼마나 사람인가요

그대의 곁, 나의 섭생도 그대였으니

나의 시린 볼에 그대의 더 시린 것이 흐를 때만 백화(白花)가 눈썹에 피어난다고
너는 현(絃)을 한 번 반 감아 비가(悲歌)를 높여주겠니

에필로그

이곳, 옐로스톤 공원은 화재가 난 자리에 씨를 뿌리지 않습니다
나무가 스스로 돌아오는 시간을 관찰하는 생태실험실입니다

동생이 펼친 세계지도의 쿠바로 가는 해협에는 허리케인이 또 하나 발생하고 있었다

웹진 『시인광장』 2011년 6월호 발표

오주리
서울 출생. 2010년 《문학사상》 등단.

057

손톱
-꽃잠*

유 미 애

망초 붓꽃 패랭이
흘러간 사랑의 비린내를 핥아먹는 저녁
아~하고 상처를 연 순간 색의 덩어리가 쏟아진다

여러 날을 늙은 나무의 그늘에 엎혀 지냈다
새장이 흔들리는 나무 밑, 고양이와 나눠먹는 앵두 한 접시

나비야, 마실 가자! 붉게 번진 입술을 문지르며 따라가던
애인과의 마지막 꽃구경

누군가는 이 열망이라는 짐승과 할퀴며 뒹굴고, 또 누구는
고양이의 눈에 비친 황금나무를 꺾어 달빛 속으로 노 저어갔지만
나는 늑대의 시를 읊기 위해 사내라는 벼랑을 탔다
타들어가는 환부를 열어젖히고 새의 허공을 흘러 다녔다
일생, 조용한 꽃나무의 묘지기로 살자던 비밀을 엎지르고
장미와 고양이의 로맨스를 탐닉했다
초승달 신부가 부풀고, 신랑이 거친 몸을 가렸던 옷을 찢었을 때
그믐에 죽은 꽃을 부르며 울음소리를 토해냈다

떠난 자의 눈물이 푸른 손톱을 다시 물들일 때까지
새들이, 장미가 낳은 앵두의 눈을 다 파먹을 때까지
내 안의 주홍빛을 비워내지 못했다

*깊이 든 잠. 신랑 신부의 첫날밤의 잠

계간 『시안』 2010년 가을호 발표

유미애
경북 문경 출생. 2004년 《시인세계》 등단. 시집 『손톱』

버드나무집 女子

유홍준

버드나무 같다고 했다 어탕국수집 그 여자, 아무 데나 푹 꽂아놓아도 사는 버드나무 같다고…… 노을강변에 솥을 걸고 어탕국수를 끓일 때, 김이 올라와서 눈이 매워서 솥뚜껑을 들고 고개를 반쯤 뒤로 빼고 시래기를 휘저을 때, 그릇그릇 매운탕을 퍼 담는 여자를, 애 하나를 들려 업은 여자를, 머릿결이 치렁치렁한 여자를
아무 데나 픽 꽂아놓아도 사는
버드나무 같다고
검은 승용차를 몰고 온 사내들은
버드나무를 잘 알고 물고기를 잘 아는 단골처럼
여기저기를 살피고 그 여자의 뒤태를 훔치고
입 안에 든 어탕국수 민물고기 뼈 몇 점을
상 모서리에 뱉어내곤 했다
버드나무 같다고 했다

월간『현대문학』2010년 2월호 발표

유홍준
경남 산청 출생. 1998년《시와 반시》등단. 시집『저녁의 슬하』외. 〈이형기문학상〉등을 수상.

홍부뎐

윤관영

사자후(獅子吼) 초식 하나로 상대의 칠공에서 피 흘리게 하는 고수가 있는가 하면, 붓 가리는 명필이 있는가 하면, 노소미추 가리지 않는 홍부가 살았는가 하면, 사람 농사를 우선 했는가 하면, 밭에는 안 가고 그 밭에만 갔는가 하면 그 일만 했는가 하면, 후배위 같은 자세로 밥 푸는 형수 뒤에 서서 허리를 굽실대며 저 홍분-데요 길고 나직하게 빼자 주걱이 날아와 다음 관문이 열렸는가 하면, 심후지경한 내공의 그가 태연자약, 밥풀을 떼며 저 지금 섰는데요 하자 자동문처럼 다음 관문이 열렸는가 하면, 홍분한 형수가 다시 반대편 뺨을 대각으로 좌수검 휘두르듯 내리치자 그래도 사정할 데라곤 형수밖에 없는데요 하는 이 한 초식으로, 마지막 관문을 통과해 대형의 반열에 올랐는가 하면 초지일색이었는가 하면,

어디서 박이 열리는지도 모르고 뻗어나가는 박 넝쿨처럼 사람 농사가 끝없었다는 얘기가 있었는가 하면, 주걱만 잡아도 애가 서는 경지였는가 하면, 박홍부라는 설이 있는가 하면 공전절후 전무후무

—

계간『애지』2010년 가을호 발표

윤관영
충북 보은 출생. 1994년《윤상원문학상》등단. 시집『어쩌다, 내가 예쁜』외. 한국시인협회〈젊은시인상〉수상.

불시착

윤의섭

앞집 담장에는 수의를 맞춰준다는 현수막이 걸렸다
싸늘한 가을바람이 휘감긴다
어젯밤부터 눈치는 채고 있었다
길가의 풀벌레들이 다가서는 기척에 가로등 점멸하듯 울음을 끌 때
좀 전까지 보이던 별이 갑자기 사라졌을 때
그러나 이 과묵한 아침에 어김없이 돌고 있는 미장원 간판과
필사적으로 햇살을 헤집는 플라타너스 잎새는 왜 낯설지 않은가
베란다에서 세상과 연을 다한 장미는 줄기에 매달린 채 풍장을 선택하고
몇 개월째 방치되었던 차는 감쪽같이 사라졌다
한 무리가 모여 앉아 밥을 먹는다
수북한 고봉의 묘혈을 판다
새로 이륙하기 어렵다는 사실은 모두 알고 있다
언제나 마당을 깨끗이 쓸어 싸리비 자국이 선명하다
활주로 표식처럼 돌멩이를 가지런히 고르고 물을 뿌렸다
방바닥의 먼지를 걷어내고 제식처럼 하루 종일 가구를 문지른다
오늘도 별빛은 내려올 것이다

계간 『서시』 2010년 겨울호 발표

윤의섭
경기도 시흥 출생. 1992년 《문학과 사회》 등단. 시집 『붉은 달은 미친 듯이 궤도를 돈다』 외. 〈애지문학상〉 수상.

061

매미

윤 제 림

내가 죽었다는데, 매미가 제일 오래 울었다

귀신도 못되고, 그냥 허깨비로
구름장에 걸터앉아
내려다보니
매미만 쉬지 않고 울었다

대체 누굴까,
내가 죽었다는데 매미 홀로 울었다,
저도 따라 죽는다고 울었다

계간 『문학 · 선』 2010년 겨울호 발표

윤 제 림
충북 제천 출생. 1987년 《문예중앙》 등단. 시집 『그는 걸어서 온다』

062

베릿내에서는 별들이 뿌리를 씻는다

이대흠

이 여윈 숲 그늘에
난꽃 피어날 때의 꽃소리를
들을 수 있는 작은 방 하나 있었으면 좋겠다
거기에서 당신의 무릎을 바라보며
세월이 어떻게 동그란 무늬로
익어 가는지 천천히 지켜보다가
달빛 내리는 언덕을 쳐다보며
꽃이 피어나기까지의 고통과
꽃의 숨결로 살아가는 일의 어려움에 대해
가만 생각해 보았으면 하는 것이다
먼 데 있는 강물은
제 소리를 지우며 흘러가고
또 베릿내 골짜기에는
지친 별들이 내려와
제 뿌리를 씻을 것이다
그런 날엔
삶의 난간을 겨우 넘어온 당신에게
가장 높은 난간이
별에 더 가까운 것이라고
그래서 살아있는 새들은
하늘 한 칸 얻어 집을 짓는 것이라고
눈으로 말해주고 싶다

서러운 날들은
입김에 지워지는 성에꽃처럼 잠시 머물 뿐
창을 지우지는 못하는 법
우리의 삶은 쉬 더러워지는 창이지만
먼지가 끼더라도
눈비를 맞더라도
창이 아니었던 적은 없었으니
뜨거운 눈물로 서러움을 씻고
맨발로 맨몸으로 꽃 세상을 만드는 저 동백처럼
더 푸르게 울어버리자고
그리하면 어둠에 뿌리 내린 별들이 더 빛나듯
울 일 많았던 우리의 눈동자가
더 반짝일 것이라고

계간 『시안』 2011년 봄호 발표

이대흠
전남 장흥 출생. 1994년 《창작과 비평》 등단. 시집 『상처가 나를 살린다』 외. 〈현대시동인상〉 등을 수상.

063

부드러운 칼

이 만 섭

사과를 깎다 보면
과도의 예리한 날이 육즙을 즐긴다

칼은 한 마리 활어처럼
스륵스륵 과육 사이를 헤엄쳐 다니고
은근히 피워내는 사과 향기
주변이 오롯하다

제 몸 베이면서도 어느 한 곳
상한 데 없는 사과의 짜릿한 비명이
환하고 둥글게 피어난다

상큼한 맛을 즐긴 칼은
이윽고 사과의 몸을 빠져나와
포만감에 겨운 듯 소반 위에 드러눕는다

꽃 핀 자리처럼
눈부신 사과의 속살 지어놓고
달콤한 육즙에 젖어
자르르 윤기 흐르는 과도의 날

그 견고한 부드러움

계간 『문학청춘』 2010년 여름호 발표

이 만 섭
전북 고창 출생. 2010년 《경향신문》 신춘문예 등단.

064

거리의 식사

이민하

하나의 우산을 가진 사람도 세 개의 우산을 가진 사람도
펼 때는 마찬가지
굶은 적 없는 사람도 며칠을 굶은 사람도
먹는 건 마찬가지

우리는 하나의 우산을 펴고 거리로 달려간다
메뉴로 꽉 찬 식당에 모여
이를 악물고 한 끼를 씹는다

하나의 혀를 가진 사람도 세 개의 혀를 가진 사람도
식사가 끝나면 그만
그릇이 비면 조용히 입을 닫치고

솜털처럼 우는 안개비도 천둥을 토하는 소나기도
쿠키처럼 마르면 한 조각 소문

하나의 우산을 접고
한 켤레의 신발을 벗고

하나의 방을 가진 사람도 세 개의 방을 가진 사람도
잠들 땐 마찬가지
냅킨처럼 놓인 침대 한 장

월간 『현대시』 2010년 7월호 발표

이민하
전북 전주 출생. 2000년 《현대시》 등단. 시집 『음악처럼 스캔들처럼』 외.

065

진동하는 사람

이병률

가끔 당신으로부터 사라지는 상상을 하는
나는 불편한 사람
불난 계절을 막 진압하고도

폭발을 멈추지 않는 사람
강의 좌안과 우안에 발을 걸치고 서서
그래도 앞으로 가야 할 이유를 더듬느라 그러는 사람

시간의 주름들을 둘러쓰고도
비를 맞으면 독이 생기는 나는 누군가에게 불편한 사람

달팽이의 소요에 불과한 진화의 모두를 타이르기엔 늦은 저녁

어쩌면 간절히 어느 멀리 멀리서 살기 위해
돌고돌다 나를 마주치더라도
나는 나여서 불편한 사람

가끔 당신으로부터 사라지려는 수작을 부리는
나는 당신 한 사람으로부터 진동을 배우려는 사람
그리하여 그 자장으로 지구의 벽 하나를 멍들이는 사람

계간 『애지』 2010 여름호 발표

이병률
충북 제천 출생. 1995년 《한국일보》 신춘문예 등단. 시집 『찬란』 외.

혜화역 4번 출구

이상국

딸애는 침대에서 자고
나는 바닥에서 잔다
그 애는 몸을 바꾸자고 하지만
내가 널 어떻게 낳았는데…
그냥 고향 여름 밤나무 그늘이라고 생각한다

나는 바닥이 편하다
그럴 때 나는 아직 대지(大地)의 소작(小作)이다
내 조상은 수백 년이나 소를 길렀는데
그 애는 재벌이 운영하는 대학에서
한국의 대 유럽 경제정책을 공부하거나
일하는 것 보다는 부리는 걸 배운다
그 애는 집으로 돌아오지 않을 것 같다

내가 우는 저를 업고
별하늘 아래 불러준 노래나
내가 심은 아름드리 은행나무를 알겠는가
그래도 어떤 날은 서울에 눈이 온다고 문자 메시지가 온다
그러면 그거 다 애비가 만들어 보낸 거니 그리 알라고 한다
모든 아버지는 촌스럽다

나는 그전에 서울 가면 인사동 여관에서 잤다
그러나 지금은 딸애의 원룸에 가 잔다
물론 거저는 아니다 자발적으로

아침에 숙박비 얼마를 낸다
그것은 나의 마지막 농사다
그리고 헤어지는 혜화역 4번 출구 앞에서
그 애는 나를 안아준다 아빠 잘 가

월간 『문학사상』 2010년 5월호 발표

이상국
강원도 양양 출생. 1976년 《심상》 등단. 시집 『어느 농사꾼의 별에서』 외.
〈백석문학상〉, 〈유심작품상〉 등을 수상.

067

셀룰러 메모리(Cellular Memory)*

이 선

나의 젖가슴은 보름이면 살이 오르고
조금 때는 살이 빠진다,
해와 달, 별이 내 줄기세포를 키우는가 보다
누군가 나를 지었다,
작은 키, 급한 성격, 갈색 눈, 예민한 입맛,
가는 목소리, 위의 크기와 창자 길이,
누군가 내 유전자를 조립한 거다

내 정신의 줄기세포는 어디에서 이식 받은 것일까?

페이지가 접혀,
뇌혈관 어디쯤 파묻혀 있을 니체, 보들레르,
토스토에프스키,
이사도라 덩컨, 까미유 끌로델, 열기와 헛소리…
내 피는 샤갈 바이러스에 감염되었는가?
파랑색 스카프, 파랑색 가방, 파랑색 원피스,
나의 詩도 파랑색이다,
착하지도 부지런하지도 않은 나의 詩,
나의 詩에는 적도의 피가 들끓고 있는데
러셀의 연애론보다 더 겁쟁이인 불쌍한 나의 詩,
감염되지 않은 단어가 내 시에 한 줄이라도 있을까?
내 생각의 껍질에도 타인의 유전자가 흐른다
(어머니의 눈으로 본 아버지,)
(언니의 코로 맡은 돈 냄새,)

내 몸의 세포조직엔 적도의 바람과 햇빛이 녹아 있다
(한국인의 조상은 동남아인이라고 흥분하던 KBS,
9시 뉴스앵커, 내 두툼한 입술과 주먹코는 분명 남방계다)

하늘은 초록색 보자기를 뒤집어쓰고
나무들 밑둥 잡고, 땅에다 오늘도 열심히 글씨를 쓴다
제 생각을 뿌리 채 땅에다 모두 이식하고 싶은 거다,

나뭇잎의 떨림을 이식 받아
바람 앞에 내 줄기가 떨리듯
내 굴절된 파장이
혹, 누군가의 심장을 두근거리게 할지도 모른다

어머니가 당신 심장 한쪽을 떼어
내 할딱이는 심장에 붙여주고 갔듯이,

지금, 나는 누구의 푸른 눈동자로 응고되어 가는 너를 보는가?

* 셀룰러 메모리(Cellular Memory) : 장기이식 후 기증자의 성격과 습성까지 전이되는 현상. 애리조나주립대학 심리학 교수, 게리 슈왈츠(Gary Schwartz)가 처음 발견함.

계간 『서시』 2011년 봄호 발표

이 선
경북 문경 출생. 2007년 《시문학》 등단. 시집 『봄의 열여덟 번째 프로포즈』 외.

068

꽃의 다비식(茶毘式)

이선이

아랫도리에서 불을 꺼내
사내는
아내의 자궁에 군불을 넣어주었다

여보,
불 들어가오

아궁이 속
그녀는 뼈로 꽃대를 세우고
살을 발라 여린 꽃잎을 빚는다

사내는 산(山)을 열고 들어가
돌이 되고

봄산
화장터

돌을 깨는 울음으로

꽃이
타오른다

계간 『신생』 2010년 여름호 발표

이선이
경남 진양 출생. 1991년 《문학사상》 등단. 시집 『서서 우는 마음』

세상에 편승하는 수순

-단편으로 본 미시근대사 제 4-6화

이 성 렬

당론

피타고라스 학파의 히파수스는 무리수의 존재를 누설하여 동료들에 의해 지중해에 수장된 것으로 전해진다. 조선조의 사대부들은 이 사건을 눈부시게 일반화, 독보적 철학 개념인 〈당론(黨論)〉을 만들었다. 조선 후기사에 빈번히 등장하는 이 어휘는 2000년대의 한양 신문에 자주 비친다.

익(翼)

〈절이 싫으면 중이 떠나라〉는 명제를 일생동안 탐구한 동래의 철학자는 한반도를 떠돌며 수많은 절들에게 의견을 물었는데 응답을 들을 수 없었다. 어느 날 옥편을 뒤적이다가 날개 익(翼)을 접한 이후, 그는 고독하지만 만족스러운 여생을 보냈다. 그가 남긴 일기장의 마지막 쪽에는 〈서로 다른 깃털들이 날개를 만들다〉라고 씌어 있었다.

면벽

어느 해 런던을 여행하던 화성(華城)의 한 과학자는 성바오로 대성당의 성가대 공연을 본다. 빅토리아조의 영광을 재현한 그 장면에 감탄한 순간, 위대한 인간이 되기를 갈망했는데, 그것이 괴로움의 시작이었다. 실험실에 파묻혀 면벽을 시작한 그의 등 뒤에서 동료와 적들은 수군거렸다. 10년 뒤, 과로와 외로움에 지쳐 문득 시를 쓰기 시작한 그에게 비로소 기름진 나날이 펼쳐졌는데, 그제서야 21세기의 사대부로 인정받았던 것.

계간 『서시』 2010년 여름호 발표

이 성 렬

서울 출생. 2002년 《서정시학》 등단. 시집 『비밀요원』 외.

070

움직이는 누드

이 성 복

1

어떤 고요함은 도착 훨씬 뒤지만 또 어떤
고요함은 출발 직전이어서, 이상한 푸른빛
사이로 사뿐히 너는 발꿈치를 들어 올린다

튀어나온 젖가슴은 동요하고 있었을 거다
그러나 아직 네 팔과 다리는 채 네 생각을
짐작치 못하는 듯, 아니면 벌써 잊어버린 듯

2

네가 팔을 뻗어 남자의 씨앗을 던질 때
잠이 덜 깬 허리도, 다리도 따라 나섰다
아직 새벽이었고 빛의 입자들은 쾌락의
재에 묻어 더러워졌다, 흙 묻은 밥알처럼
공기는 부푼 젖가슴에 눌려 자국이 났고
시든 음부 사이로 벌레들이 기어 나왔다

3

그냥 물이 아니라 한사코 헤엄치는 물
그냥 땅이 아니라 무작정 기어가는 땅
한 세월 너는 그렇게 오고 있는 것이다
오랜 세월 너는 떠나가고 있는 중이다
눈 오는 오리온좌에서 습한 전갈좌까지

어두운 지층 속에 길을 만드는 것이다

계간 『시와 정신』 2010년 여름호 발표

이성복

경북 상주 출생. 1977년 계간 《문학과 지성》 등단. 시집 『호랑가시나무의 기억』 외. 〈김수영문학상〉, 〈소월시문학상〉 등을 수상.

071

시계악기벌레심장

이 수 정

부서진 첼로에서 살아남은 음악은
상체를 내민 채 구조되었다
첼로는 음악을 감싸 안고 있었다고 한다
감싸 안고 있었다고 한다
음악은 뿌리내려
여름 나무가 되었다
두근두근
나무에겐
시계이자 악기인 심장이 있어
두근두근
6시를 가리키면
반으로 갈라진 시간의 양쪽에서
여명과 황혼이 일시에
하늘을 물들였다
눈 뜨는 감각, 눈 감는 생각
탈출하는 빛, 감도는 어둠
구체적이고 추상적인 감정이
일시에 튀어 올라 거울을 보았다
거울 속 하늘은 부드러운 금속으로 빛났다
검고 큰 뿔, 자이언트 장수하늘소 한 마리
첼로에서 빠져 나오고 있었다.

계간『서정시학』2010년 겨울호 발표

이 수 정
서울 출생. 2001년《현대시학》등단.

072

처음으로 타인의 뼈를 만지고

이 영 주

기타를 빌려간 그녀에게. 우리는 음악보다는 창문을 감싸는 연기가 되고 싶습니다. 겨울에는 깊은 숨을, 여름에는 축축한 손을 잡았죠.

아기의 배내옷을 보면 수의 같지 않니? 한번 죽고 난 다음에 새로운 것을 배우는 일이 예정된 공포 같아. 초보 기타 레슨 책을 쥐어 주고 나는 건물 뒤로 돌아가 청바지를 찢습니다.

그녀는 침묵 아니면 도약. 모든 음표는 평행선이거나 수직선의 도표를 벗어날 수 없어. 스무 살에는 침을 뱉습니다. 이 악보에서는 어떤 음계가 부정어일까요.

그녀는 옆에서 잠든 가족의 갈비뼈를 더듬듯 조심스럽고 아무렇게나 기타 줄을 튕깁니다. 처음으로 타인의 뼈를 만지고 떨림을 손가락에 느끼던 날, 나는 껌을 씹고 단물을 삼킵니다.

목에 줄을 감고 생각했어. 어디서 태어났는지 알 것 같아. 그녀의 긴 머리카락이 밑으로 내려갑니다. 네가 가 본 구멍이 어둠의 전부는 아니야. 우리는 서로 감싸 안고 몸을 둥글게 말고 있습니다.

봄에는 광목천을 사고 가을에는 편지를 씁니다. 복도의 빨랫줄에는 그녀와 나의 부정어들이 음표처럼 걸려 있습니다.

서른 살에는 목줄을 감아봅니다. 나는 기타보다도 음(音)의 외부에 있고 싶습니다. 머리를 감을 때마다 수챗구멍이 어두워집니다. 젖은 머리칼로 그녀가 가 본 빈 방에 들어갑니다. 앉아서 조용해집니다.

기타를 놓고 간 그녀에게. 뼈를 만집니다. 천천히 답장을 씁니다.

계간 『문학들 21』 2010년 가을호 발표

이영주
서울 출생. 2000년 《문학동네》 등단. 시집 『언니에게』 외.

073

묘생

이용한

고양이는 깊다, 라고 써야 하는 밤은 온다

짐승에겐 연민이 없으므로 때때로 서쪽에서 부는 한 마리의 방랑을 약하게 읽어 본다 언제나 옳다는 노랑둥이의 진리는 이미 무지개다리를 건넜다 나에게 남은 건 등이 휜 저녁과 길게 우는 일요일이다 골목에 적힌 소변금지가 대변하는 것은 갸륵한 분별력이다 이를테면 너의 심층을 걸어 내려가는 계단에 앉아 짧은 꼬리를 덧붙이는 것 모든 고양이의 세습이 고독한 영역을 관장하지는 않는다 다만 그것을 묘생이라 불러도 좋다 지붕이 있든 없든 상관없다 배경은 배후로써만 최후다 어떤 역할은 파랗게 녹슬어서 늙은 고양이처럼 가르랑거린다 단지 잊기 위해 너는 꼬리를 쓰다듬는다 거참 묘한 일이다 상처가 깊을수록 아프지 않다는 건, 바퀴에 뭉개진 묘생을 바람에 부쳐본들 기억은 점점 창과 구름 사이에서 쓸모없어질 것이다 문득

고양이별에는 분노가 없다고 믿어보는 겨울이다

계간 『내일을 여는 작가』 2010년 겨울호 발표

이용한
충북 제천 출생. 1995년 《실천문학》 등단. 시집 『안녕, 후두둑 씨』 외.

구름의 무늬

이은규

눕는 순간, 관이 되기에 알맞은 방

작은 창으로 구름을 바라보다
맺히기를 망설이는 수증기에
기저(基底)눈물이라는 이름을 짓는다

어떤 기억은
방울로 맺히지 않을 뿐 눈을 깜박일 때마다 일상의 얇은 막 위를 흐른다, 흐를까

기저의 물길을 거슬러 오르면

오래 전 죽은 이의 연작에서
당신을 이해할 것만 같은 밤이 자주 찾아와서 두렵다는 문장을 발견한다
밑줄을 긋지 않기 위해 노력하는 오후

언젠가 채운(彩雲)역을 지나며
그 지명에서 태어난 시인에 대해 말해주던 당신, 살에서 구름 냄새가 날 것 같은 날들이었다
같은 시인을 함께 동경하는 일은 우연이거나 우연일 뿐

흘러간 구름의 당신과
흐르고 있을 구름의 무늬를 듣기 위한 질문이 길다

구름아, 전생을 누구에게 걸까

나는 종종 거의 실행되었다는 생각에 시달린다
가로막힌 하늘 앞에서
몇 점 색으로 찢겨져 나온 구름의 나선처럼
같은 질문에 다르게 대답해야만 할 것

도처에 기저눈물들이 고요하고
왜 예감은 너무 일찍 혹은 아주 늦게 도착하는 걸까
지나간 부음을, 구름의 무늬에게서 미리 듣는 방

계간 『詩로 여는 세상』 2011년 여름호 발표

이은규
서울 출생. 2006년 《국제신문》, 2008년 《동아일보》 신춘문예 등단.

075

채식주의자들

이이체

감각을 격리시킨 채로 이야기한다. 내가 이끼 낀 문명에서 태어났을 즈음이었다. 알을 못 낳는 암탉들이 속된 사랑에 감염되었다. 문지기는 뇌쇄적인 실연괴물, 쾌락과 타락을 음미하느라 밤색 머리의 처녀를 잊지 못한다. 성년식, 술에 취해 옷을 반쯤 벗어젖히곤 이단(異端)하듯 놀아나던 촌뜨기들. 쥐덫의 둘레를, 괴혈병 걸린 고양이는 제어할 수 없는 욕망으로 돌았다. 늦가을 들판에 우거져 있던 낯선 색깔들이 성가신 우연처럼 자꾸 눈에 거슬렸다. 그대들은 내일 미끼로부터 배척되어라. 거울을 상실 당한 쌍둥이 형제들은 서로를 탐했다. 때로 문지기는 자신의 가면 쓴 얼굴을 곡예라고 곡해했다. 유형은 치명적이었으므로, 들판에는 망원경으로도 풍요로울 차례가 오지 않았다. 흔적보다 더 진한 외상을 찾고 있다. 똥파리들이 닭장의 마디마디에 맺혀 있었다. 변성기 갓 지난 아이들은 출혈이 멎지 않자 통곡했다. 나는 풍향계를 믿어 본 적이 없다.

계간 『미네르바』 2011년 봄호 발표

이이체
충북 청주 출생. 2008년 《현대시》 등단.

076

연장전

이장욱

야구장과 축구장에서는 언제나 극적인 승부가 벌어지지만 실은
동물원에서도
꿈속에서도

심판은 사랑의 마음으로 선언한다, 승리와 패배를.
또는 영원한 타협을.
리플레이를.

나는 목표물을 향해 공을 던지고
편지를 쓰고
애원하고
정지한다.
공의 궤적이 툭 끊어지자,

갑자기 중력이 모든 것을 지배했다.
코알라가 나무에서 떨어졌다.
코끼리가 풀밭에 누워 일어나지 않았다.

심판은 사물들을 정확히 바라보려 한다. 수첩과 시계와
또 가족관계를.
퇴장이 선언되는 순간 우리 모두의 죄책감은 어디로 가는가?
정거장 바깥에도 적들은 존재하는가?
울타리가 무너지면 순한 동물들은 어디로 달려가는가?

내가 찬 공은 아직도 다른 시간을 향해 나아가네.
이것이 무게라는 것입니다. 이것이 넓이라는 것입니다. 이것이 승부라는 것입니다. 이것이, 이것이,
나의 오늘밤이라는 것입니다.
이별과 망각이 선언된 뒤에도 선수는 질주한다.
포효하는 짐승들
극적인 정지장면

어디선가 날카로운 리듬으로 휘슬이 울린다.
기나긴 연장전이 시작된다.

월간 『현대시학』 2010년 8월호 발표

이 장 욱
서울 출생. 1994년 《현대문학》 등단. 시집 『정오의 희망곡』 외.
〈문학수첩작가상〉 등을 수상.

077

무릎에 대하여

이 재 무

계단 오르내릴 때마다 투덜거리는 무릎 관절
이 이상 신호는 탄력 잃은 기관들의
이음새가 느슨해지고 녹 슬어간다는 징후이리라
누구는 칼슘 결핍에 운동부족이라 탓하고
혹자는 식습관을 고쳐라 처방하지만
나는 안다 이것의 참다운 기원은
설운 생활에의 마음의 굴절에 있다는 것을
썩지 않는 기억은 유구하다
세상은 내게 없는 살림에 뻣뻣한 무릎이 문제였다고
말한다 내키지 않은 일에 무릎 꿇을 때마다
여린 자존의 살갗 뚫고 나오는 굴욕의 탁한 피
하지만 범사가 그러하듯이 처음이 어렵고
힘들 뿐 거듭되는 행위가 이력과 습관을 만들고
수모도 겪다 보면 수치가 아닌 날이 오게 된다
굴욕은 변명을 낳고 변명이 합리를 낳고
마침내는 합리로 분식한 타성의 진리를
일상의 옷으로 껴입고 사는 날이 도래하는 것이다
그렇게 수신하고 제가하는 동안 마음 연골이 닳아왔던 것
생의 계단 오르내릴 때마다 무릎은
뼈아픈 질책을 던져온다
지불한 수고에 대한 값 너무 헐하지 않느냐고

월간 『현대시학』 2010년 5월호 발표

이 재 무
충남 부여 출생. 1983년 《삶의 문학》으로 등단. 시집 『경쾌한 유랑』 외. 〈편운문학상〉, 〈윤동주문학상〉 등을 수상.

나선의 감각

-빛이 이동한다

이 제 니

그때 나는 말없는 작은 짐승이 되고 싶었다. 나는 나의 두께를 들키고 싶지 않았다. 종이와 연필만이 유일한 위안이었다. 너는 얼굴 주름 사이로 몇 개의 시간을 감추고 있었다. 어두운 한낮. 너는 불을 켜지 않는다. 드러날 때까지 기다립시다. 무엇이, 그 무엇이, 그 자신의 모습을, 그 자신의 그림자를, 그 자신의 침묵의 말을, 드리울 때까지, 거느릴 때까지.

빛이 이동한다. 다시 페이지가 넘어간다. 나의 가방엔 생각보다 더 많은 종이가 있었다. 종이 곁에는 연필이. 연필 곁에는 어둠이. 흑심은 무심히 반짝거리며 내 심장을 겨누고 있었다.

빛이 이동한다. 책장 넘어가는 소리. 다시 한 페이지가 넘어간다. 우리의 두께를 드러내도록 합시다. 상상할 수 있는 모든 것을 상상하도록 합시다. 상상할 수 없는 모든 것을 상상하도록 합시다. 너무 넓은 방은 필요치 않습니다. 여백은 채워져서는 안 될 것으로만 채워져야 합니다.

빛이 이동한다. 고양이의 울음소리. 새들은 요란한 지저귐으로 자신의 재난을 알린다. 누군가는 지속적인 낮잠으로 자신의 재난을 알린다. 빛이 이동한다. 단락과 단락 사이에서 노래가 들려온다. 두꺼워질 대로 두꺼워집시다. 날아갑시다. 두께 속의 공기를 느낍시다. 우리는 불행을 요구받고 있습니다. 우리는 어둡고 텅 빈 방에 스스로를 유폐시킨 사람들이지요.

빛이 이동한다. 너의 이마 위로 어떤 문장들이 흘러간다. 찰랑이다 출렁인다. 넘실거린다. 우리는 한 마디 말도 나누지 않는다. 이제 밥을 먹읍시다. 잠들 시간입니다. 오늘은 내일보다 더 추울 겁니다. 닫아둔 덧문 사이로 매서운 바람이 불어 들고 있었다. 나뭇잎과 나뭇잎이 서로의 몸을 비비고 있었다. 나의 그림자가 너의 그림자 쪽으로 기울어진다. 빛이 이동한다.

계간 『실천문학』 2011년 봄호 발표

이 제 니
부산 출생. 2008년 《경향신문》 신춘문예 등단. 시집 『아마도 아프리카』

079

코끼리 무덤

이 희 원

너도 모르겠지만 말의 무덤을 본 사람이 있을까?
어떤 사람들은 말들이 페루에 가서 죽는다고 믿었다
조분석으로 이루어진 안데스 산맥 너머
작은 섬들이 있다는 그곳,
그곳에 가면 詩들이 상아처럼 반짝이고 누웠을까?

너도 모르겠지만
쉰이란 나이는 말의 관절에 구멍이 숭숭 뚫리고
신발장 구두엔 민들레가 핀다.

코트디부아르로 가는 길은 둘이다.
하나는 오랑의 카페에서 카뮈를 만나는 것이고
하나는 이스파한에서 세헤라자데를 만나는 것이다.

너도 모르겠지만
말의 무덤을 찾은 사람들이 가끔은 있다.
말의 뼈들이 촛불로 타오르는 곳,
말의 창과 방패가 피 흘리며 죽어 가는 곳
그곳이 말의 무덤이 아닐까?

내가 지금 가려 하는 코트디부아르는
15세기 상아 사냥꾼들이 만든 말의 무덤인가
코끼리는 자기 집에서 킬리만자로의 만년설을 바라보며
다만, 편안히 죽어갈 뿐이다.

"킬리만자로에서는 모든 게 순조롭다."*

*로맹가리의 소설 제목에서

계간『문학·선』2011년 여름호 발표

이희원
2007년《시와 세계》등단.

말들의 궁합

임동확

얼핏 보기에 전혀 어울릴 것 같지 않는 반대의 말들, 그러나 기계적인 중립도 아니고, 그렇다고 하나가 하나를 짓누르거나 서로 동일하지도 않는,

조금은 키가 맞지 않는 어긋남 속에서도 그 누구보다 행복해하며 찰떡궁합을 보여주는 단어들

서로를 제 것으로 하려고 헐떡이면서도 어느새 저를 잊은 채 서로의 몸과 피 속에 녹아드는 제3의 언어,

지나친 대립이나 유사성을 거부하며 가장 순수한 얼굴 표정을 하고 있을 말들의 결혼식*

1. 혁명과 낭만

자신의 양심마저 단두대에 세우는 엄혹한 칼날의 길인 혁명과 그만큼 완강한 반동 사이, 대책 없이 명랑한 둘째딸 같은 낭만의 아슬아슬한 균형, 위태로운 평화.

2. 사랑과 고독

폭우처럼 모든 것들을 휩쓸어 가는 망나니 같은 사랑과 필시 뒤따르기 마련인 후회와 증오 너머로 슬그머니 밀려오는 늙은 수도사 같은 고독, 의미 있는 우연.

3. 비판과 열정

한 치의 오차도 허락지 않는 기계 같은 비판과 저마저도 납득할 수 없는 칭송을 물리치는, 한순간에 공중으로 들어 올렸다가 땅바닥으로 곤두박질치는 광장의 분수 같은 열정.

4. 결핍과 성숙

자신도 모르는 심연에 입 벌리고 있는 무한 탐욕을 부르는 결핍과 결코 충족만이 아닌, 때로 갈라지고 찢긴 마음을 하나 되게 하는 힘, 지극한 평화와 희열로 가는 성숙의 징검다리.

5. 공격과 포용

선과 악, 적과 아군, 옳고 그름만을 따지는 공격으로 상처받는 자들에 대한 반격이 아닌, 그것마저 넘어서는 늙은 어머니 같은 포용, 무한의 알력보다 더 적극적인 창조.

계간 『시인시각』 2010년 겨울호 발표

임동확
전남 광주 출생. 시집 『매장시편』으로 등단. 시집 『나는 오래전에도 여기 있었다』 외.

081

비밀에 대하여

임영석

네 애인의 첫사랑 같은 거 너무 캐묻지 마라
꽃들이 제 향기의 무덤을 생각하고 피는 것은 아니다
누구 좋으라고 피는 것은 더 더욱 아니다
어쩌다 술 취해 하룻밤 잤다고 애인이라면
장미 여관에서 서너 명씩 손님을 받는 그 여자
하룻밤 남자들 줄 세우면 숲을 이루고 남을 것이다
엉덩이가 좀 처져 있으면 어떠냐
쌍꺼풀 수술로 눈이 짝짝이면 어떠냐
오늘도 키스 방 알바를 하며 혀를 내주던 여자도
제가 사랑하는 남자 앞에서는
키스를 할 줄 모르는 여자가 되어 있을 것이다
돌을 감싸고 자라는 나무가 돌의 나무가 아니듯
물속에 뿌리내려 자라는 나무가 물의 나무가 아니듯
먹구름 속에 감추어진 빗방울처럼
비밀은 항상 네 몸 밖에 있다 물고기가
물 밖에서 살지 못하는 것처럼
네 애인의 비밀을 아는 순간 너의 애인이 아니다
물 밖의 세상이 아무리 아름다워도
네 애인을 물 밖으로 꺼내지 마라
비밀이란 물 밖에 나와 썩어 가는 물고기들의
살 냄새에 불과하다

계간『시에』 2010년 가을호 발표

임영석
충남 금산 출생. 1985년《현대시조》, 1989년《시조문학》등단. 시집『어둠을 묶어야 별이 뜬다』외.

물맛

장석남

물맛을 차차 알아간다
영원으로 이어지는
맨발인,

다 싫고 냉수나 한 사발 마시고 싶은 때
잦다

오르막 끝나 땀 훔치고 이제
내리닫이, 그 언덕 보리밭 바람 같은,

손뼉 치며 감탄할 것 없이 그저
속에서 훤칠하게 뚜벅뚜벅 걸어 나오는,
그 걸음걸이

내 것으로도 몰래 익혀서
아직 만나지 않은, 사랑에도 죽음에도
써먹어야 할

훤칠한
물맛

격월간 『유심』 2010년 5~6월호 발표

장석남
경기도 덕적 출생. 1987년 《경향신문》 신춘문예 등단. 시집 『미소는, 어디로 가시려는가』 외. 〈김수영문학상〉, 〈현대문학상〉 등을 수상.

083

공중

장옥관

공중은 어디서부터 공중인가.

경계는 목을 최대치로 젖히는 순간 그어진다. 실은 어둠이다. 캄캄한 곳이다.

나 없었고 나 없을 가없는 시간
빛이여, 기쁨이여.

태양이 공중을 채우는 순간만이 생이 아니다.
짧음이여, 빛의 빛이여.

그러므로 이 빛은 환, 환이 늘 공중을 채우고 있는 것이다.

그러나 몸 아파 자리에 누워 보니
누운 자리가 바로 공중이었다. 죽음이 평등이듯 어둠이 평등이었다.

공중으로 바람이 불어오고 구름이 지나간다.

빛이 환이듯 구름도 환,
부딪칠 대상 없이는 저를 드러낼 수 없는
바람들만 채우는 곳
환의 공중이다.

계간 『시와 시학』 2010년 겨울호 발표

장옥관
경북 선산 출생. 1987년 《세계의 문학》 등단. 시집 『하늘 우물』 외. 〈김달진문학상〉, 〈일연문학상〉 등을 수상.

084

저물녘의 어깨

정끝별

내가 본 창경원 코끼리의 짓무른 눈꺼풀을 너도 봤다든가 내 흰 여름교복 등에 떨어진 송충이를 털어주고 갔던 그 남학생이 너였다든가 네가 잡았던 205번 버스 손잡이를 내가 잡았다든가 시청 앞 최루탄을 피해 넘어진 나를 일으켜준 손이 네 손이었다든가 2호선 전철에서 잃어버린 내 난쏘공을 네가 주워 읽었다든가

네가 앉았던 삼청공원 벤치, 내가 건넜던 대학로의 건널목, 네가 탔던 동성택시, 내가 사려다만 파이롯트 만년필, 네가 잡았던 칼국수집 젓가락, 내가 전세 들고 싶었던 아현동 그 집……

신성한 시계공은 왜 그때 깜빡 졸았을까
열쇠수리공은 하필 그때 열쇠를 잃어버렸을까
도박사는 하필 바로 그때 패를 잘못 읽었을까
아뿔싸 이브는 왜 하필 바로 그때 사과를 건넸을까

너 있고 나 없어 너 없고 나 있어
시작되지 않은 수많은 이야기들
허구 가득한 불구의 이 수많은 끝은
어느 생에서 다 완성되는 걸까

네 국민학교 졸업사진 배경에 찍힌 빨간 뺨의 아이가 나였다든가 혼자 봤던 간디 영화를 나란히 앉아 봤다든가 결혼식 하객으로 따로 또 같이 서서 사진을 찍었다든가 너와 내가 한날한시에 같은 별을 바라보았다든가 네가 쓴 문장을 내가 다시 썼다든가 어느 날 밤 문득 같은 꿈을 꾸다 깨었다든가

계간 『문학청춘』 2010년 가을호 발표

정끝별
전남 나주 출생. 1988년 《문학사상》 등단. 시집 『와락』 외. 〈소월시문학상〉 등을 수상.

085

律呂集 27

-睡蓮

정진규

닫기는 고요로 피는 꽃, 꽃이 터질 때마다 꽃을 꿰매는 무봉(無縫)의 손을 보았다 닫기는 고요를 보았다 그렇게 터지는 또다른 꽃을 보았다 한낮이 지나면 수련들은 어김없이 입을 다문다 닫기는 꽃이여, 닫겨서 피는 꽃이여 터지는 고요여 고요의 비수(匕首)여

계간 『시와 시』 2010년 가을호 발표

정진규
경기도 안성 출생. 1960년 《동아일보》 신춘문예 등단. 시집 『공기는 내 사랑』 외. 〈이상시문학상〉, 〈만해문학상〉 등을 수상.

086

백 년 동안의 고독

조 동 범

발견되지 않은 루트를 따라 고독이 발굴되었다. 얼음산을 오르던 자들의 시신은 놀라운 고독으로 가득했고, 고독의 외로움은 완벽하게 보존되었다. 시신들은 저마다 침묵하며 고독했으므로 죽은 자들의 흐느낌은 침엽수림을 돌아보며 어느덧 사라졌다.

누구나 침묵했고 언제나 고독했다.

돌아서면 세상은 고독한 폭설로 가득했다. 고독이 발굴되었지만 고독한 낮과 밤을 앞에 두고 세계의 모든 폐허는 말을 아꼈다. 지상은 이내 고독으로 가득 찼으므로 고독도 발굴될 수 있음이 밝혀졌다.

백 년 동안의 고독이 고독한 세월을 견디는 동안 눈보라는 그저 단조롭게 쏟아졌다. 죽은 자들은 잊혀졌고 오래된 씨앗의 발아는 요원했다.

백 년 동안의 고독이란 얼마나 슬픈 일인가.

고독이야말로 고독에 이르는 길이라고 오래 전에 사라진 고독이 속삭였다. 고독에 대한 소문만 무성했고, 누구도 고독의 실체를 본 적 없는 그동안의 세월이었다. 고독한 눈과 고독한 시신이 생생하게 서러웠으므로 고독은 이제 완전한 고독이 되었다.

백 년 동안의 고독이 완성되자
비로소 세상은 고독할 수 있었다.
세상의 모든 고독이 고독을 앞에 두고 드디어, 고독을 노래할 수 있게 되었다
참으로 오랜 세월이었고,
견디기 힘든, 고독이었다.

월간 『현대시학』 2010년 11월호 발표

조동범
경기도 안양 출생. 2002년 《문학동네》 등단. 시집 『심야 배스킨라빈스 살인사건』

087

뼈로 우는 쇠

조유리

울음에도 뼈가 있다
그렇지 않고서야 징을 잡은 저 사내
손아귀에 친친 처매져
부서졌다 까무룩 일어서는 저것은 뭐란 말인가
힘껏 내리칠 때마다 패는 가슴골

어떤 통증은
한 시대의 테두리를 오래 맴돌다
낱낱이 제 신념으로 되돌아와 돋을새김 된다

고도로 숙련된 꾼의 울대에서라야 완성된다는
울음잡기, 그러니까 놋쇠 덩이는 만리 밖으로 파동쳐 갈
습한 음역의 전생인 것이다 그것은 태생 이전부터
먼 행성의 신열 속에서 소용돌이치고 있었던 것

쇠가 운다, 피돌기를 따라
파문이 인다
명치 한복판을 헐어 뼈와 뼛사이에
몰아치는 장단마다 쇳가루가 쏟아진다

함몰된 소(沼)의 깊이만큼 여울이 생기고
바람이 쇳물을 길어 나르는 동안

이 땅의 사내들은 불덩이를 인 가슴뼈를 전부 탕진했다

웹진 『시인광장』 2010년 12월호 발표

조유리
서울 출생. 2008년 《문학 · 선》 등단.

088

우라늄의 시(詩)

조인호

*

광석의 날, 그리하여 나는 최후의 한 소년을 채굴했다.

가령,
내가 메카의 검은 돌을 향해 절하는 무슬림처럼 세상 가장 낮은 자세로 울고 있을 때
혹은
내가 세상 가장 낮은 곳에 파묻힌 어느 광석처럼 뜨겁게 웅크린 채 벌벌 떨고 있을 때

우라늄, 그것은 내게로 온다.

그 숭고한 돌은 최후의 한 소년을 세계 밖으로 노출시킨다.
내가 그 소년을 위하여, 최후의 곡괭이를 들어 올릴 때

광석의 날이 밝아왔다.

최후의 곡괭이 날 끝
고드름처럼 매달린 채
번쩍이던 빛이여

눈부시다,
그리하여 빛이 소리보다 빠르다는 사실이, 이 시의 핵(核)이다.

*

태양이 달을 살해하던 날

최후의 소년은 검은 재(災)로 변한 아버지를 등에 업고 북으로 떠난다. 멀리서 보면 그 소년은 태양의 흑점처럼 이동한다.

고독한 흑점 하나가
극(極)에 도달할수록

우라늄, 그 숭고한 돌이 눈을 뜨기 시작한다. 최후의 소년이 백야(白夜)의 땅 한가운데에서 발견한 것은 작은 돌멩이 하나였으므로

이제, 돌을 심판할 때이리라!
들어라, 그 눈 먼 돌은 죄가 없다. 그 돌은 가난한 자의 주먹처럼 천연하다. 그 돌을 20세기의 호주머니 속에서 채굴한 힘은 누구인가.

*

알 수 없다.
그리하여, 나는 아침의 식탁 앞에 앉아 있었다.

뜨거운 아침의 스프와
그 옆에 놓인 은색 스푼 위,
반짝이던 빛을
퍼먹을 때

우우우……벌어지던 나의 아침의 입이여,

언제나 빛은 소리보다 먼저 내게 온 것이었다.
그 날 아침 최후의 모음(母音)처럼.

계간 『시와 사람』 2011년 여름호 발표

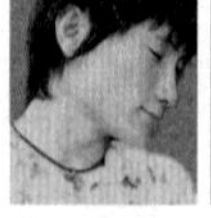

조인호
충남 논산 출생. 2006년 《문학동네》 등단.

089

청빙가(聽氷歌)

조정권

1

마당을 쓸고 있는 빗자루에게도 잠시 혼자 있을 시간을 준다 어진 시간이여

2

놀랐다 대웅전 마룻바닥 천정까지 꽉 들어찬 만산홍엽 단풍빛

3

초겨울 햇빛 요즘 톡톡히 옷 노릇 하네

4

밤새도록 지붕위로 걸어 다니는 눈송이
소리 내지 않는 눈부처

5

간밤 내린 눈이
장작마다 흰 꽃을 수없이 피워놓았다
도끼날에도 흰 꽃을 달아놓았구나

6

겨울 산 한 채 먹으로 개고 또 개어 우둔한 마음으로 마주한다 맑은 암향(暗香) 힘 뺏세고 뺏세다 붓에 힘 빼고 깊은 먹 속으로 한가로운 늙은 붕어를 찾아본다 어리석다 내 얕은 붓질

7
먹으로 흰 꽃을 그리다

8
세이각(洗耳閣) 문고리
소리 하나 없이 공하다

9
연못바닥 환하고 공하게 드러나니 두 번 겨울눈이 온다

10
내 화두는 추위 한 점 안 먹은 달
설월(雪月)의 처마 끝

11
절 아주머니들 물걸레질 마치고 돌아간
대청마루에 살얼음 낀 하늘 다시 살아온다

12
부엌에 하얗게 씻어다 놓은 파뿌리
스님네들 겨울살이 창호지 구멍만큼 내 비친다

13
사는 거 문제없다는 게 문제
사는 거 큰일났다는 게 큰일

14
형광등 빛 같이 흐린 마음에 장닭처럼 홰치는 눈보라

15

큰 칼 든 사천왕 옆을 통과할 때마다 마음의 소지품 검사

16

꽃길을 지나온 바짓가랑이로 따라오는 흰 나비

17

풀밭에 누워 들었다 얼음장 안고 뒤로 흘러가는 봄강물 소리

18

배추벌레 애벌레 푸른 배때기 대고 기어가는 잔가지 하나 같은 세상

세 번째 봄이로구나

19

버스길로 떨어진 까치알 느티나무 아래서 손 흔들며 버스 세운다

20

봄비야 네 집이 예서 가까우냐 오늘밤 곁에서 하루 묵으면 안 되겠니

21

석천암 늦가뭄 산더덕 향 대청마루처럼 뻗어나가는 매미 울음소리

계간 『문학과 사회』 2010년 가을호 발표

조정권

서울 출생. 1970년 《현대시학》 등단. 시집 『산정묘지』 외. 〈소월시문학상〉 등을 수상.

090

마지막 올빼미 당원*의 겨울식사

주하림

아시다시피 요즘 책의 글자들이 눈에 들어오지 않습니다.
멍한 상태로 의자에 앉아 있으면 개 짖는 소리만 또렷하게 들려옵니다.
얼마 전 발자크가 루머로 앓아누웠다는 소리를 전해 들었습니다.
그분은 추잡하게 죽기로 하지 않았던가요.
아마 그가 세상에 둘도 없이 아껴주었던 창녀들의 짓일 것입니다.
좀 배웠다는 년들이 예술에 사후세계가 없다고 지껄이고 다닌다던데
그녀들의 마음은 곱고 신경줄은 손목만큼이나 가늘어
발자크가 정치활동을 재개한다 하니 그녀들의 뼛가루가 루아르강 다리 아래
나지막한 노래로 흘러가겠군요.

식사준비를 하는 것과
식사준비를 하기 위해 마련되어야 할 식비
식사준비를 도와 줄 배우자와
식사준비를 마무리해 줄 가벼운 잡담, 대화
그 외에 필요한 것을 찾다
죽기로 결심한 스물네 살의 내가 창가에 떨어질 듯 말 듯 흔들리는 것을 봅니다.

당장 뛰어내려! 지상의 연기는 끝났어 썩, 사라지라고
무대를 떠나는 배우처럼 외투 깊이 분노를 감추고 무심하게 전해줄까요

지금이라면 나는 개암나무 열매처럼 딱딱해진 그것을 건들 수 있을까요

엄마나 고모 이모나 매제. 머리가 새하얗게 희게 될 그들에게

죄송해요라는 근심 따위 남겨서야 되겠습니까.

찻잔의 무늬는 또 얼마나 아름답습니까.

이 무늬를 찾아 저번 생에서 나는 죽지 않고 이번 생을 끈질기게 따라온 것이 아닐까 하고.

입술이 덜덜 떨려올 정도의 달콤한 디저트 대신

어떤 결정적인 유머러스함이 필요합니까.

얼굴도 모르는 조상들로부터 물려받은 땅문서, 수백 그루의 나무와 짐승들, 나를 따르던 어린 하녀들까지. 있어야 하지요 압니다, 알아요. 그 결정적인 유머를 지키기 위해서 나는 망해버렸다는 것을.

이곳은 집인가요 정원인가요 쇠창살로 가득한 한겨울 교도소가 맞나요.

아직 그런 말을 꺼낼 정도의 시대는 되지 않았나 보죠.

문을 열고 나가면 짖지 마라 짖지 마 물어뜯지 말아다오 워워

너덜너덜해진 팔을 하고 얼마 전 잠자리를 함께 한 창녀를 찾아가

생전 처음 보는 음전한 여자 대하듯 대접해 주었습니다.

이런 것이 당신들이 내 귀때기를 잡아당기고 강요했던 마음이 맞습니까.

당신들이 때마다 닦아주던 내 피는 언제 멈추었습니까.

기준이니 전쟁이니 하는 말들이 라디오에서 서너 차례 오갔습니다.

저번 주에 몰살당한 가계는 우리 집안이 아니었던가요.

불의 시대가 끝나면 무엇이 또 온답니까.

삶은 돼지가 사지를 벌리고 있을 듯한, 욕조만 한 침대
나는 그곳에 손질되어 있습니다.
침대와 욕조와 창고 나는 죽었다 깨도 그곳을 구별할 수 없으며
그저 천천히 발가락 사이를 파먹는 불안을 지켜 볼 것입니다.
당신들이 문을 열고 나를 엎치락뒤치락 눕힙니다. 똑같이
앞치마와 넥타이 물이 빠지도록 울어 재끼는데, 관대하게 쏟아지는 창의 빛
축축한 날개를 펼친 신이 검은 계단 아래로 내려오기만 한다면
가슴과 신경에 빗살을 새긴다는 유언이야말로 얼마나 어쭙잖아지겠습니까.
무엇이 떠오릅니까. 더 무엇을 필요로 하겠습니까.
압니다, 나는 나쁜 생각 때문에 오래 자는 것입니다. 나를 썩어가게 만든 발자크보다 오래 살 수 있는 것입니다.

* 오노레 드 발자끄의 소설 제목

월간 『현대문학』 2010년 3월호 발표

주하림
서울 출생. 2009년 《창작과 비평》 등단.

091

몽유의 방문객

진은영

너는 오겠지, 달의 해안에 꽃들이 하얗게 밀려오는 봄밤에
너는 오겠지, 부서진 간판의 흐느낌을 가로수 검은 가지로 건드리는 여름밤에
오겠지, 추위와 얼음의 투명한 발톱으로 다듬어진 소박한 식탁에
부엌에서 다시 칼국수를 끓이려고
하얀 밀가루가 여주인 손톱 사이에 실낱같은 달로 떠오르는 밤에

초록색처럼 사랑스런 연인이었네, 아닌가
첫 눈송이의 흰 빛으로 너는 사랑스러웠던가
기억나지 않는다. 우리는 가을밤의 어두워가는 남청색 코트자락에 기어들어가
별빛처럼 부드러운 국수 한 그릇을 나눠 먹었으므로

꿈 속을 걸으면서 너는 기억하네
여럿이 둘러 앉아 먹을 수 있는 크고 둥근 식탁*
부드럽고 위태로운 장소의 이름 속으로
너는 들어오겠지, 둘러 앉아 우리 무얼 먹을까 궁리하며

전기 끊긴, 낭만적인 유사 별밤에서 노래도 몇 소절 훔쳐왔다네
아름답게 반쯤 감긴 눈으로 너는 기억할 수 있겠지
옛날에 한 술꾼 평론가가 먼 기차소리의 검은 아치 아래 등을 기대던 곳
새벽의 투명한 술잔 속에 시인이 떨어뜨린 한 점의 불꽃을 천천히 마시던 곳
이젠 죽은 그가 천천히 걷다가 길 모퉁이를 돌며

다른 이들의 노래로 가엽게 굽은 등을 조용히 숨기던 밤의 근처들

기다리며 책을 펼치네, 토끼며 사슴 눈동자로 가득한 페이지를
오고 있겠지, 너 오면 넘기자, 이빨이며 발톱으로 붐비는 날카로운 뒷장을
너는 꿈에 취해 오겠지, 취기로 넘기자
네가 오지 않아 부서지려는 곳
건축업자가 청혼의 반지를 들고서 기다리는 곳

기다리네, 술 취한 돌고래처럼
너는 오겠지, 너도 모르게
부서지려는 약속의 순간으로
오겠지, 아름다운 거짓말처럼

우리가 꿈 속에 서 있다
녹색과 붉은 잎을 다 떨어뜨린 뒤에 서 있는 나무처럼
사라지지 않는 두려움이 서 있다
둥근 잎의 장소들을 다 떨어뜨리며

* 두리반

계간 『미네르바』 2011년 봄호 발표

진은영
충남 대전 출생. 2000년 계간 《문학과 사회》 등단. 시집 『우리는 매일매일』 외.
〈현대문학상〉 등을 수상.

092

내가 산란한 하루

-첫사랑

차 주 일

무지개송어 양식장을 들여다보기 시작한 건
치어 한배가 깨난 날부터였다.

저녁이면 숫자를 헤아렸다.
늘 한 마리가 사라졌다.

치어가 치어를 잡아먹는;
공식(共食)에 순응한 개체는
지느러미를 열쇠톱니처럼 흔들어 내일의 성문을 열었다.

내일에 존재하는 원색으로 착색하여
이성을 유혹할 수 있을 때까지
동족을 먹이 삼는 게 자연의 섭리라니…….

자연을 형벌하고 싶은 날에도
여전히 숫자를 헤아렸다.
여전히 하루가 사라졌다.

오늘을 먹어치운 하루는 어느 하루일까.
오늘의 살점 여남은 개가 노을의 입가에 묻어 있다.

이제, 수많았던 오늘에게 속죄해야겠다.
모든 어제가 태초였으며

어제가 오늘을 잡아먹으며 내일로 살아남았다는 사실을
나는 수수방관해 왔다.

붉은 원색으로 내 수명에 들어온 태초는
나의 하루하루를 먹어치우며 지금까지 살아남았다.
내 기억이란 육식성 이빨로 무장한 불사신이여;
내가 나를 산란하여 나의 태초가 된 첫사랑이여,
오늘은 기어코 널 방생하겠다.
나를 떠나 회항하지 말리!

내 마지막 하루까지 잡아먹고 영생할 너는
돌아올 것이다,
수명보다 하루 적은 수를 헤는 내 습관이 너의 회귀본능이었으므로.

부득이 나는 나에게 환생을 선고할 것이다.
첫사랑의 하루를 기억하고 죽는 사람은
자연이 사람에게 지은 죄를 모두 사한 것이므로.

그리하여 첫사랑은 또다시
산 사람의 수명에 들어 원색을 산란할 것이다.

웹진 『문장』 2011년 1월호 발표

차주일
전북 무주 출생. 2003년 《현대문학》 등단. 시집 『냄새의 소유권』

093

참 좋은 말

천양희

내 몸에서 가장 강한 것은 혀
한 잎의 혀로
참, 좋은 말을 쓴다

미소를 한 600 개나 가지고 싶다는 말
네가 웃는 것으로 세상 끝났으면 좋겠다는 말
오늘 죽을 사람처럼 사랑하라는 말

내 마음에서 가장 강한 것은 슬픔
한 줄기의 슬픔으로
참, 좋은 말의 힘이 된다

바닥이 없다면 하늘도 없다는 말
물방울 작으나 큰 그릇 채운다는 말
짧은 노래는 후렴이 없다는 말

세상에서 가장 강한 것은 말
한 송이의 말로
참, 좋은 말을 꽃 피운다

세상에서 가장 먼 길은 머리에서 가슴까지 가는 길이란 말
사라지는 것들은 뒤에 여백을 남긴다는 말
옛날은 가는 것이 아니라 이렇게 자꾸 온다는 말

격월간 『유심』 2010년 9~10월호 발표

천양희
부산 출생. 1965년 《현대문학》 등단. 시집 『너무 많은 입』 외.
〈소월시문학상〉, 〈공초문학상〉 등을 수상.

094

길에서 길까지

최금진

아홉 살 땐가, 재가한 엄마를 찾아 가출한 적이 있었다
한 번도 와 본 적 없는 거리 한복판에서 나는 오줌을 싸고 울었다
그날 이후, 나는 길치가 되기로 결심했다
고등학교 땐 한 여자의 뒤를 따라다녔다
그녀가 사라진 자리에서 막차를 놓치고 대신 잭나이프와 장미 가시를 얻었다
무허가 우리 집이 헐리고, 교회 종소리가 공중에서 무너져 내리고
나는 골목마다 뻗어 나간 길들을 모두 묶어 나무에 밧줄처럼 걸고
거기에 내 가느다란 목을 동여맸다
노랗게 익은 길 하나가 툭, 하고 끊어졌고 나는 어두운 소나무밭에서
어둠의 뿔 끝에 걸린 뾰족한 달을 보았다
대학을 떨어지고 나는 온몸에 이끼가 끼어 여인숙에 누워 있었다
손 안에 마지막까지 쥐고 있던 길 하나를 태워 물고 있었다
미로 속에 쥐를 가두고 쥐가 어떻게 길을 찾아가는지를 연구하는 실험은
쥐들의 공포까지는 배려하지 않지만
눈 내리는 숲속의 막다른 미로에서 내가 본 것은
얼굴이 하얀 하나님과 술병을 들고 물로 걸어 들어간 우리 아버지였다
폭설과 안개가 번갈아 몰려오는 춘천
그 토끼굴 같은 자취방을 오가며
대학을 졸업하면, 나는 아이들에게 길을 가르치는 사람이 되고 싶

었다
은백양숲에선 길을 잃어도 행복했다
은백양나무 이파리를 펴서 그 위에 빛나는 시를 쓰며
세상에서 길을 잃었거나, 스스로 길을 유폐시켰던 자들을 나는 그리워했다
길들을 함부로 곡해했고 변형시켰으며
그중 어떤 길 하나는 컵에 심은 양파처럼 길게 자라
달까지 가 닿았다, 몇 번이고 희망은 희망에 속았다
달에 들어가 잠시 눈 붙이고 난 어느 늦은 봄날
눈을 떠 보니, 나는 마흔이 넘은 사내가 되어 있었다
몇 번의 사랑도 있었으나
길에서 나누는 사랑, 그건 길짐승들이나 하는 짓거리였던 것
안녕, 길에서 나누는 인사를 나누며
내비게이션으로도 찾아갈 수 없는 절벽을 몇 번이고 눈 앞에 두었었다
누군가 정해놓은 노선이 사람들을 실어 나른다, 그리고
사람들은 체포당한 것처럼 길에 결박된다
풍찬노숙의 삶을 긍정도 부정도 하지 못하고 다시 막차를 놓쳤을 때
나는 알게 되었다, 더는 가고 싶은 길도, 펼쳐보고 싶은 지도도
남아 있지 않다는 것을
이 허무맹랑한 길로 다시 돌아오기까지 마음은 늘 고아와 객지였으니
엄마, 엄마아, 쥐새끼처럼
울고 있던 어린 나에게 따귀라도 올려붙였어야 한 건 아니었는지
낡은 담장에 길 하나를 간신히 괴어놓고 서 있던 늙은 벚나무에선
꽃들이 와르르, 와르르, 무너져 내리고
길을 잃기로 작정한 사람에게 신은 더 많은 길을 잃게 하는 법

제 몫의 길을 모두 흔들어 떨어버린 늙은 벚나무는 이제 말이 없고
무덤에서 요람까지, 길에서 길까지
지상에는 길들이 흘리고 간 흙비가 종일 내리는 것이다

계간 『애지』 2010년 봄호 발표

최금진
충북 제천 출생. 2001년 《창작과 비평》 등단. 시집 『새들의 역사』

내 아들의 말 속에는

최서림

내 아들의 말 속에는 세심해서 상처투성이인 나의 말이 들어있다 거간꾼으로 울퉁불퉁 살아온 내 아버지와 내 아버지의 아버지의 꺼칠꺼칠한 말이 숨 쉬고 있다 조선 후기 유생 최서림(崔瑞琳)의 한시(漢詩)가 들어있다 초등학교 3학년 내 아들의 비뚤비뚤 기어가는 글자 속에는 내 아버지처럼 글자 없이도 잘 살아온 이서국 농부들이 공손하게 볍씨를 뿌리고 있다 눈길을 더듬으며 엎어지며 쫓기듯 넘어온 알타이 산맥의 시린 하늘과 몽골초원의 쓸쓸한 모래먼지 냄새가 박혀있다 바벨탑이 무너진 후 장강(長江)처럼 한반도까지 흘러들어온 광목 같은 말에는 우리 아버지와 아버지의 아버지들이 흘린 눈물과 피와 고름만큼의 소금이 쳐져 있다 내가 살고 있는 당(堂)고개에는 비린 말들이 60년대 시골김치처럼 더 짜게 염장되어 있다 가난해서 쭈글쭈글한 말들이 코뚜레같이 이 동네 사람들의 코를 꿰고 몰고 다닌다

월간 『현대시학』 2010년 10월호 발표

최서림
경북 청도 출생. 1993년 《현대시》 등단. 시집 『물금』 외.

꽃을 먹은 양

최정란

늦은 저녁 양 한 마리를 팔러 나갔지

거리에는 사람들 삼삼오오 몰려다니는데
뿔을 쓸 줄 몰라 겁 먹은 양
낯가림이 심해 속눈썹을 내리깔지

양을 팔러 나갔다가
선인장을 팔러 나온 사람과 부딪쳤지
양의 구부러진 뿔과 선인장 가시가
뒤 바뀐 줄도 모르고
양을 몰고 집으로 돌아 왔지

가시를 가지게 된 양은 요즘,
콕콕 찌르는 재미에 시간 가는 줄 모르는데
사람들 수군거리며 고슴도치라 부르니,
양을 팔기는 아예 틀렸지

구부러진 후일담은
양의 뿔을 가진 선인장, 을 만나거든
자세히 듣기로 하고, 그럼 이만

계간 『시와 정신』 2010년 겨울호 발표

최정란
경북 상주 출생. 2003년 〈국제신문〉 신춘문예 등단. 시집 『여우장갑』

097

전능한 저녁

최형심

거대한 잠을 빌려 내게 이르는 저녁이 있다. 진밥 한 솥 지어 세상에 보태는 일로 생을 다한 어머니, 약속으로 거칠어진 손이 운다. 태풍전야에 태어나는 것들은 울음도 참아야 한단다. 전능한 어둠이 모든 것을 덮기 전, 먼지가 앉은 자리에 당신은 누구를 위하여 한 발로 서 계시나?

칼라스, 카르멘, 커피,

모음으로 발음되어야 하는 것들은 쓰다. 마들렌처럼 말랑한 뇌를 굽는 저녁, 사랑 없이도 살 수 있는 것은 병일 뿐. 이것저것 계산할 머리가 없기에 당신의 배는, 그래서 가장 연한 부위다.

이제 나와 당신의 갈라진 배 사이에 세상이 있어요. 간결한 배치죠. 나이테처럼 무게를 더하는 약속의 반지들을 꺼내어 닦으며, 아버지의 할아버지가 벗어놓은 난폭한 가계도에 지문을 내주는 당신. 보세요, 어머니, 태양을 빛나게 하던 완고한 대낮이 지고 있어요. 한때 당신은 스치는 바람에도 손가락을 벤 적이 있지요.

맨발의 당신이 발음하는 날짜마다 유난히 짠 맛이 났다. 지평선이 염전에 이르면 당신의 온몸에 피어나던 붉은 함초. 그날처럼 검은 대륙이 쪼개지는 통증이 우리를 덮치면, 비로소 무리를 벗어난 들개들이 서로의 울음으로 발목을 묶어 당신의 검붉은 혀끝에 닿겠다.

아나이스* 그리고 아나이스 닌**

거대한 잠을 빌려 자궁으로 돌아가야 할 시간, 산과 별 사이에서 나는 어두워진다.

* 아나이스 : 페르시아 전설에 나오는 사랑의 여신
** 아나이스 닌 : 미국의 여성작가. 주로 성과 육체에 탐닉하는 소설을 썼다.

계간 『문학 · 선』 2010년 가을호 발표

최형심
2008년 《현대시》 등단.

이상한 그늘

최호일

양산을 쓴 여자가 그늘을 끌고 간다 발로 배를 걷어 차버린 강아지처럼 따라 간다
그늘은 말이 없고 성실하다

양산을 썼기 때문에 태양에 가장 가깝게 걸어간 그늘 같다 뜨겁고 무덥고 무겁고 다리가 있어 오래된 뼈와 살로 만들어진 그늘 같다

천변에는 지나가는 사람에게 침을 뱉듯 꽃이 피었다 꽃은 참을성이 없고 당신은 태연하다 나무 계단의 삐거덕거리는 소리를 들으며 혼자 변두리 자장면을 먹으러 오르는 사람은 무겁다

저녁이 오는 쪽으로 사람들은 죽고
여우가 여러 번 울어서 밤이 오면, 아무도 그것이 어둠을 열고 사라진 검고 이상한 사람인 줄 모른다 그늘이 조금씩 먹어치우고 있다는 것을

계간 『시안』 2010년 가을호 발표

최호일
충남 서천 출생. 2009년 《현대시학》 등단.

099

애인 있어요

홍성란

노래자랑에 입상하신 여든한 살 할머니가 분홍 셔츠에 흰 바지 차려입고 이은미의 〈애인 있어요〉를 다소곳 환히 부르네

숨은 턱에 찼으나 손 모아 파르르 입술 모아 애인 있어요, 말 못한 애인 있다니 여든넷 어머니 그늘 겹쳐 오네 새치 뽑던 파마머리 젖가슴 뭉클 잡히던 얼굴 연하고질(煙霞痼疾)이여, 희미한 내 노래여

나도 애인 있어요, 춘천 어디 산비탈 가지마다 매어 두신 실오리, 실오리 스쳐 돈담무심(頓淡無心) 내려온 데 목메도록 애인 있어요 천석고황(泉石膏肓)이여, 희미한 내 노래여 골도 좋아 물 시린 집, 다시 못 올 흔들의자에 내가 버린 애인 있어요

나 날 적 궁전이었으나 내가 버린 폐가(廢家) 있어요

계간 『시와 시학』 2010년 겨울호 발표

홍성란
1989년 《중앙시조백일장》 등단. 시집 『바람 불어 그리운 날』 외. 〈유심작품상〉, 〈중앙시조대상〉 등을 수상.

이면의 무늬

홍 일 표

개가 개의 꿈에서 빠져나오는 동안
파도의 자세를 이해하는 것은 힘들고 위험한 일
공원의 가로등은 아무 것도 결심하지 않았는데
불이 켜지네

겨울이 명백한 휴머니스트라고 말하지 않아도 눈은 내리고
가로등은 끊임없이 어둠의 중얼거림을 거절할 뿐이네
발꿈치에 다른 계절이 눈물처럼 스미는 것
천 년 전 바람이 남긴 말의 각질을 뜯어내며
질기고 딱딱한 공기의 살과 해후하네

나는 드라이아이스 같은 너의 노래를 들으며
여기는 최소한 거기가 아닌 곳이라고 중얼거리지만
여전히 촛불은 미완의 음악
따듯하게 응고된 슬픔을 어루만지며 조용히 견디는 것

그 사이 수차례 다녀간 눈과 비,
봄과 겨울도 모르는 또 다른 목청의 노래가 발바닥이나 겨드랑이에 서식하는 걸
아직 바다에서 빠져나오지 못한 파도는 알고 있었던 것이네
5분간, 내가 읽지 않은 파도의 표정이 거듭 쓸쓸해지네

계간 『서시』 2010년 여름호 발표

홍일표
충남 천안 출생. 1992년 《경향신문》 신춘문예 등단. 시집 『살바도르 달리風의 낮달』 외.

문향文向 · 탈문脫文의 문장 정신

– 김명인의 「문장들」에 대하여

–장무령(시인, 웹진 『시인광장』 편집위원)

김명인의 시 「문장들」은 최종의 '문장'을 말한다. 세계의 의미가 그 '문장' 이외에는 이젠 남아 있지 않은 것. 하나이며 동시에 그것 자체로 전체인 것. 즉, "그 모든 주름을 겹친 단 일 획"이지만 "무한대의 어스름"의 세계를 "貫珠"한 문장. 이러한 '문장'을 찾아가는 여정을 말하는 시 「문장들」은 결국 묻는 것이다. 최종의 문장에 어떻게 다가설 것인가, 최종의 문장에 다가서는 시인이란 누구인가. 그리고 이 질문에 대해 시인으로서 답하기가 바로 「문장들」의 의의일 것이다.

'완성된 문장'이란 '진짜 바다'를 말하는 것이다. '진짜 바다'란 시인의 눈앞에 있으면서 동시에 있지 않다. "여객선 터미널 유리창 너머로" 펼쳐진 포구는 바다이나 바다의 전부가 아니다. "수평선"의 안쪽과 바깥쪽 즉, 보이는 것과 보이지 않는 것의 경계를 넘어선 합으로서의 바다가 진짜 바다이다. 그러므로 진짜 바다를 "배태한" 문장을 얻기 위해서 시인은 "여객선 터미널"을 박차고 나가는 정신의 모험을 감행해야 한다. "서역"으로 향한 "무한한" 여정에 나서야 한다. “서역”은 자기 시야의 경계를 넘어서야 가능한 지역이다. 장자는 말한다. “경계가 없는 것은 경계가 있는 것의 영역으로 움직이고 경계 있는 것은 경계 없는 것의 영역으로 움직인다.”(「知北遊」) 즉 세계와 세계의 경계는 하나의 지나가는 과정에 불과하다. 그러므로 경계의 안쪽에서, 그것을 기준으로 세계를 정의하는 것은 세계의 전체를 보지 못하는 하나의 편견에 불과하다. 경계는 세계의 실재를 정확하게 밝히는 기준이 될 수 없다. 세계의 실재란 경계를 넘어서는 자의 정신에서만 밝혀진다. “한 줄에 걸려 끝끝내 넘어설 수 없었던 수평선”을 어둠으로 가린 순간. 바다의 전부는 즉, 세계의 전부는 역설적이게도 비로소 그 실재를 드러낸다. 눈을 감음으로써, 자기 시야의 경계를 넘어섬으로써 비로소 드러나는 전부인 순간을 “어탁”한 상상력으로 말한 ‘문장’. 바로 그것을 구한 자 궁극의 시인이다.

그러나 「문장들」의 의미는 이 부분에서 멈추지 않는다. 경계를 넘어서 “미지”와 만나는 지점에서 시인의 여정은 멈추지 않는다. 시인은 도착한 지점에서 다시 출발한다. “싱싱한 배태로 생기가 넘치”는 것은 “이내 삭아버리다”이며, “바다는 쓰고 지우”며 “요동치는 너울이고 고쳐 적지만” “언제나 그 수평선” 밖으로 바다는 모습을 감추기 때문이다. 시인은 세계를 말하는 ‘문장’을 얻는 순간, 다시 그 ‘문장’을 벗어난다. 지향한 ‘문장’에서 멈추는 것은 결국 그것이 말할 수 있는 만큼의 세계의 크기에 갇히는 것이기 때문이다. 또 하나의 주관에 얽매이는 것이기 때문이다. 결국 그것 또한 세계의 실재를 말하는 ‘문장’이 되지 못하기 때문이다. 그러므로 시인은 지향한 문장에서 벗어나 또 다시 문장을 향한다. 즉 문향文向과 탈문脫文의 여정이 「문장들」을 견인하는 요체이다.

시인의 언어는 생동한다. 시인은 하나의 정의된 세계에 스스로를 가두지 않는다. ‘미지’와 만나는 ‘행복’에 안주하지 않고, 끊임없이 새로운 지대로 향한다. 그러므로 시인의 여정은 세계 확장의 여정이 된다. 시인의 여정이 곧 “시원”을 향한 세계의 넓힘이며, 세계의 넓힘이 곧 문장이 되는 방식. 그래서 "그가 바로 문장"이 되는 지점이 바로 "문장을 구해 서역에서 돌아오는 법사"의 필력을 내재한 시인의 자리가 된다. 그렇다면 이때 시인은 어떤 존재인가? 좀 더 구체적으로 말해 시인은 결국 지금 무엇을 하는 존재인가? 「문장들」의 남은 의미는 이에 대한 답으로 모아진다. 다음 부분이 이와 관련된다.

허전한 골목은 닫혔다, 바다 저쪽에서
또 다른 사내들이 헤맨다 한들
아득한 섬 찾아내기나 할까?
일생 처녀인 문장 하나 들쳐 업으려고
한 사내의 볼품없는 그물은 펼쳐지겠지만
어느새 너덜너덜해진 그물코들!
나는 이제 사라진 것들의 행방에 대해 묻지 않는다
원래 없었으므로 하고 많은 문장들,
아직도 태어나지 않은 단 하나의 문장!

구름에 적어 하늘에 걸어 둔 그리움 다시 내린다
수많은 아침들이 피워 올린 그날 치의 신기루가 가라앉고
어느새 캄캄한 밤이 새까만 염소 떼를 몰고 찾아든다
그 염소들, 별들 뜯어 먹여 기르지만
애초부터 나는 목동좌에 오를 수 없는 사내였다!

"헤맨다 한들"과 "그물은 펼쳐지겠지만"이라는 경계의 전과 후를 모두 육화한 자, 시인이다. 즉 '찾으려고 헤매인다. 그러나 찾을 수 없다. 그럼에도 불구하고 헤매인다' 또는 '잡으려고 그물을 펼친다. 그러나 잡을 수 없다. 그럼에도 불구하고 그물을 내린다' 라는 '지향 – 획득 – 획득한 것으로부터 脫 – 지향'의 과정을 숙명으로 삼은 자. "구름에 적어 하늘에 걸어 둔" 문장을 얻기 위한 여정. 이

때 문장을 얻는다는 것은 곧 인간 삶의 혈을 정확히 짚어 낸다는 것 또는 세계의 전부를 수렴한다는 것을 의미한다.

그런데 시인의 문장이란 무엇인가. 그것은 "단 하나의 문장" 자체에 있지 않다. 시인의 문장은 세상을 얻기 위한 고투의 상흔으로 너덜너덜해진 그물코를 이력으로 엮어 놓은 문장이다. 그러므로 "완성"이라는 환호작약의 호들갑 따윈 시인의 문장에 끼어들 틈이 없다. 완성의 순간 그 속에서 다시 "사라진 것들의 행방"을 가늠한다. 달리 말해 문장으로 다가서서 문장을 이루는 순간 다시 자신의 문장에서 벗어난다. 그러므로 "단 하나의 문장"을 지향하는 정신을 철저하게 현재 진행형으로 삼는 존재, 시인이다.

이러한 시인의 멈추지 않는 문장 지향의 정신은 어디에서 오는 것인가? 이에 대한 답은 이 시의 맨 앞에서 예감된다. 즉 "이 문장은 영원한 완성이 없는 인격"임을 시 쓰기 정신의 중심으로 삼기. 자기점검, 자기비판의 냉철한 시선을 갖추는 것. 그리고 "영원한 완성"의 문장은 "끝내 열지 못한 문" 바깥에 남겨두는 것. 그러므로 시인의 문장 정신은 청년 정신이다. "애초부터 나는 목동좌에 오를 수 없는 사내였다"라는 혹독한 자기 점검의 자세를 견지하기에 시인의 정신은 "늙지 않는 그리움"이다.

그렇다면 "늙지 않는 그리움"을 담은 시인의 문장은 무엇인가? "수태고지를 받는 아침"을 받기 위해 펼치는 시인의 그물이, 순간 헤져 있다는 것이다. 최종의 문장을 말하고자 하는 시인의 문장은 최종의 문장에서 한 뼘 비켜나 있다는 것을 토吐하는 것 자체이다. 끝내 완벽한 문장은 "신기루"로 남겨 놓을 줄 아는 문장 정신. 그래서 급기야는 "사라진 것들의 행방"을 시인이 쓰는 문장의 비의로 남겨 놓는 것. 이 비의를 담은 문장이 "늙지 않는 그리움"의 문장일 것이다. 그러므로 우리가 「문장들」을 통해 확인한 최종의 문장, 완성된 문장이란 '눈앞에 없다'이다. '눈앞에 없음'의 통로가 「문장들」을 관통하고 있다. 이를 통해 '궁극'을 향하는 여정의 묘경이 펼쳐진다. 최종으로 향하는 길이 최종이 없음으로 비로소 열리는 것.

즉 “영원한 완성이 없는” 그렇기에 “일생 처녀인 문장 하나” 얻는 것을 결코 버릴 수 없는 그리움으로 삼는 것. 그래서 끊임없이 세계의 경계를 넘어서며 하나이며 전체인 문장을 향한 여정을 운명으로 삼은 것, 김명인의 시 「문장들」 이다.

서정과 사회

– 심보선의 「인중을 긁적거리며」에 대하여

김옥성(시인, 웹진 『시인광장』 편집위원)

예술 작품의 핵에 접근하기 위해서는 작품뿐만 아니라 작품을 길러낸 토양으로서 창작 주체에 대한 관심을 게을리해서는 안 된다. 시인의 가치를 간과한 비평은 뉴크리트시즘이 그러한 것처럼 시의 영혼을 놓친 채 형식이라는 변죽만 울리다 마는 경우가 흔하다.

심보선 시인은 대학 재학 시절인 1994년 주목받는 신인으로 등단하였지만, 한동안 우리 문단에서 사라졌다. 우리의 기억에서 아련히 잊혀지는가 싶던 그가 갑자기 혜성처럼 나타나면서 우리 문단을 화려하게 빛내고 있다.

심보선 시인은 개성적인 사회학자의 길을 가고 있다. 우리의 기억에서 잊혀져 가는 동안 그는 대학원에 진학하고 해외로 유학을 떠나는 등 사회학자로서의 역량을 충실히 다져왔던 것이다. 그는 사회에 관심이 많은 시인이다. 등단작 「풍경」에서부터 그는 사회에 대한 애정과 관심을 드러내었다. 선자(選者)인 황동규, 김주연은 심사평에서 그의 시의 핵심을 다음과 같이 간파하였다.

"현실을 면밀히 관찰하는 투시력, 그 현실 가운데를 스스로 지나가는 푹 젖은 체험, 그러면서도 거기에 이른바 시적 거리를 만들어 놓는 객관화의 힘, 번뜩이지 않으면서도 누눅히 녹아 있는 달관의 표현력, 때로는 미소를 흐르게 하는 유머, 이 모든 것들이 별 것일 수 없는 일상의 한 모습을 훈훈한 시적 공간으로 이끌어낸다."

이 심사평은 오랜 시간이 지난 지금까지도 심보선의 시에 유효하게 적용될 수 있다.

등단작에서 기미를 보이기 시작한 현실 – 사회에 대한 관심으로서 "현실을 면밀히 관찰하는 투시력"은 그의 시를 관류하는 핵심적인 부분의 하나이다. 대학 시절 심보선은 대학신문사 기자로서 활발하게 활동하였다. 사회를 관찰하면서 글을 쓰는 일은 이미 대학 시절부터 그의 삶의 일부가 되었던 것이다. 따라서 사회학을 전공하면서 시를 쓰는 일은 그에게 자연스러운 행로이다. 그의 석사 학위 논문은 「1905년 – 1910년 소설의 담론적 구성과 그 성격에 대한 사회학적 연구」이다. 이 정도의 사례를 통해 우리는 그에게 사회학과 문학은 자연스러운 정도가 아니라 불가분의 관계로 엮여 있음을 알 수 있다.

그러나 시에서 '사회'는 본질적인 것이 아니다. 본질적으로 (서정)시가 '자아 – 내면(정신) – 동일성'에 관심을 기울이는 장르라면, 소설은 대조적으로 '타자 – 외면(사회) – 갈등'에 관심을 경주한다. 본질적으로 시가 자아 – 정신의 현상학을 지향한다면, 소설은 사회의 현상학을 지향한다.

그러한 까닭에 사회에 지나치게 경도된 시는 시답지가 않아 보인다. 그러나 사회에 무관심한 시는 추상적이거나 자폐적인 경향으로 흐르기 쉽다. 시다운 시는 자아 – 정신에 관심을 기울이지만, 독자와의 공감과 구체성 확보를 위하여 사회에 대한 관심을 끌어들이는 경우가 많다.

사회를 반영하는 시를 우리는 리얼리즘으로 규정한다. 리얼리즘은 많은 경우 자아 – 내면을 포기하고 타자 – 사회를 택하면서 '시를 떠난 시'가 되어버린다. 그러나 성공한 리얼리즘은 자아 – 내면과 타자 – 사회의 긴장을 유지한다. 가령, 김수영의 시는 자아 – 내면과 타자 – 사회가 팽팽한 긴장을 유지하고 있다.

심보선의 경우도 마찬가지이다. 심보선은 말을 부리는 솜씨가 뛰어난 시인이다. 그는 모더니즘적이고 감각적인 언어들을 현란한 솜씨로 구사해 낸다. 그는 그러한 예술적인 언어 능력으로 자아의 내면에서 펼쳐지는 정신의 현상학을 전개하면서, 자아의 내면에 객관화된 상태로 각인된 사회의 이미지를 재현시킨다. 그러한 자아 – 내면과 타자 – 사회의 변증에 의하여 심보선의 시는 자폐의 수렁에 빠지지도 않고, 자아 – 내면을 포기한 반영론으로 귀결되지도 않는다.

「인중을 긁적거리며」는 탈무드에서 모티프를 취하여 풀어낸 걸작이다. 이 시에서 핵심적인 이미지는 "인중"이다. 나는 이 시를 읽으며 오른손 검지로 인중을 간지르듯 긁적거려 보았다. 굉장히 예민한 부분이었다. 감각들이 깨어나면서 안면 전체로 빠르게 퍼져가는 느낌을 경험할 수 있었다.

화자는 이 민감한 "인중"에 전생에서 현생을 거쳐 후생으로 이어지는 기나긴 시간을 압축시켜 놓았다. "인중"을 긁적거리면서 화자는 전생과 후생으로부터 밀려들어오는 까마득한 시간의 파고와 맞닥뜨린다. 한국 현대시사를 훑어볼 때 이러한 시간 의식은 흔히 불교의 윤회론과 연결된다. 심보선은 자칫 상투적일 수 있는 삼세(三世) – 윤회론적 상상력을 유대적 세계관과 모던한 언어를 활용하여 참신한 상상력으로 전환시켜 버린다.

심보선이 보여준 삼세를 관류하는 시간의 상상력은 영혼 – 자아 – 내면에 주안한 것이다. 이러한 영혼의 시학은 자칫 나르시시즘으로 전락할 수 있다. 그러나 그는 자아의 외부에 속하는 존재의 객관화되고 전형적인 이미지들을 활용하여 사회성을 활성화한다. "내가 사랑하는 여인"은 자아의 내면이 타자 – 외면(사회) – 공동체와 연결되는 첫 번째 존재의 이미지이다. 인간은 '일반적으로' 생물학적으로 뿐만 아니라 사회학적인 차원에서도 여성과 남성의 연인 관계를 기본 단위로 공동체를 확장해 나가도록 프로그래밍이 되어 있다. "달력에 사랑의 날짜를 빼곡히 채우는 여인"의 이미지는 우리를 싱긋 미소 짓게 한다. 그것은 그 여인의 이미지가 자폐적인 것이 아니라 전형적인 것이기 때문이다. "추락하는 나의 친구들"은 사회성을 정점에 올려놓는 이미지이다. 특히 "옛 동지와 함께 첨탑에 올랐다 떨어져 다친 친구"의 이미지는 우리가 경험한 아픈 시대와 역사를 환기시켜 준다.

자아의 외부 – 사회와 연결되는 전형적인 이미지들은 "현실을 면밀히 관찰하는 투시력"과 "현실 가운데를 스스로 지나가는 푹 젖은 체험"을 통해서 얻어진 것들이다. 그 "투시력"과 "체험"의 힘이 심보선을 사회학자이자 시인이게 해주는 저력일 것이다.

탈무드의 자그마한 화소話素에서 단초를 얻은 이 시는 자아에 대한 사랑, 연인에 대한 사랑, 사회 – 공동체에 대한 사랑, 그리고 사랑의 영원성에 대한 인류의 낭만적 상상과 믿음 등과 같은 시의 보편적이고 영원한 주제들을 함축해 내고 있다.

역설적 이미지로 빚은 '이상하도록 아름다운 저녁'

– 김경인의 「아무도 피 흘리지 않는 저녁」에 대하여

–이송희(시인, 웹진 『시인광장』 편집위원)

2000년대에 들어 우리는 컴퓨터의 가상공간을 통해 빠른 속도로 변화하는 세상을 경험하고 있다. 현대 자본주의를 살아가는 인간들의 관계를 지배하는 원리인 '이기심'은 기계문명이 발달할수록 더욱 강한 영향을 미친다. 현대 사회의 개인적 욕망은 자본주의 사회에서 요구하는 삶의 방식이라는 점에서 생존의 욕망과도 맞닿아 있다. 그러므로 이러한 요구에 부합하지 못하는 존재 양식이 경시되는 것이 오늘의 현실이다. 중요한 것은 이에 대한 모든 저항은 무기력하다는 것이며, 많은 불합리한 일들이 합법화되고 있다는 점이다. 김경인 시인의 시, 「아무도 피 흘리지 않는 저녁」은 소통이 단절된 현실 속에서 살아가기 위해 몸부림치는 소시민의 모습과 소시민을 대하는 사회의 방식을 통해서 현대 자본주의 사회의 쓸쓸한 풍경들을 진솔하게 그린다.

다수의 시인들에 의해 제1회 웹진『시인광장』'신작시 상'에 선정된「아무도 피 흘리지 않는 저녁」을 읽으며, "아름다운 저녁" 속으로 들어가 "다정하게, 아름답고 우아한 칼질로" 뱉어졌을 시간들을 기록해 본다. 얼마나 많은 말들이 함부로 살해되었는가. 우리는 그 칼부림에 얼마나 많은 피를 흘렸던가. "휴지통에 던져진 폐휴지처럼 살기로" 마음먹은 날들이 나를, 우리를 더 구석으로 내모는 것은 아닐까. 역설적인 분위기의「아무도 피 흘리지 않는 저녁」이라는 제목은, 우리 사회에 만연해 있는 이기적인 삶의 실체, 폭력과 범죄의 위기에 노출된 현대인들의 불안과 고독, 소외의 이미지들을 끌어내려는 감각적인 의도로 보인다. 몇 개의 역설적 이미지의 단어들로 자연스럽게 개인의 문제를 현대 자본주의의 문제로 이어가는 시인의 노련한 솜씨가 돋보이는 시다. 마치 카프카가 그의 소설들을 통해 소수자를 끌어안듯 시인은 이 시를 통해 오늘을 살아가는 진정한 소수자의 의미와 사회의 모순 구조를 다시금 생각해 보게 한다.

너는 나를 뱉어낸다
다정하게, 아름답고 우아한 칼질로
무엇을 말하고 싶은지 모르는 채
무엇을 말하고 싶지 않은지 모르는 채
어떤 의심도 없이 또박또박 나를 잘라내는
너의 아름다운 입술을 바라보며
나는 한껏 비루한 사람이 되어
아름다운 저녁 속으로 흩어진다
푸르고 차가운 하늘에 흐릿하게 별이 떠오르듯이
내가 너의 문장 속에서 지워지지 않는 글자로 돋아나듯이
귀는 자꾸 자라나 얼굴을 덮는다
아무도 피 흘리지 않는 저녁에
네가 나를 그렇게 부르자

나는 나로부터 흘러나와
나는 정말 그런 사람이 되었다
너와 나 사이에 놓인 열리지 않는 이중의 창문.
아무도 없는 곳에서
함부로 살해되는 모음과 자음처럼
아무도 죽어가지 않는 저녁에
침묵의 벼랑에서 불현듯 굴러 떨어지는 돌덩이처럼
멸종된 이국어처럼
나는 죽어간다, 이상하도록 아름다운 이 저녁에
휴지통에 던져진 폐휴지처럼 살기로 하자,
네가 내게 던진 글자들이 툭툭 떨어졌다
상한 등껍질에서 고름이 흘러내렸다
네가 뱉어낸 글자가 나를 빤히 들여다보자
그렇고 그런 사람과 그저 그런 사람 사이에서
네 개의 다리가 돋아났다
개라고 부르자 개가 된
그림자가 컹컹, 팽개쳐진 나를 물고 뒷걸음질 쳤다

-「아무도 피 흘리지 않는 저녁」

기계문명의 활달함으로 인해 개인주의가 만연한 사회 속에서 인간의 욕망은 한없이 커지고 있다. 거대한 권력집단 속에서 점점 타자화 되어가는 소시민들은 인간의 이기심으로 인해 더더욱 주변으로 내몰린다. 거짓과 왜곡된 이미지로 스스로를 속이고 타인을 속이고 우리는 이러한 세상에 자연스럽게 적응하며 살아가야 하는 것이다. 그러나 이러한 개인주의가 불러온 소외와 소통의 부재는 나의 정신과 육체를 소모하게 하는 위험한 지경에 이른다. 시인은 이 시를 통해 현대사회의 소외의 문제나 계층 간의 차별에서 오는 고독한 내면 세계를 보여주는 것에서 나아가 현대사회가 낳은 전반적인 문제를 역설적으로 풀어내면서 독자들로 하여금 현대사회를 향한 자가진단을 내리게 하는 것이 아닐까.

'너'는 '나'를 뱉어낼 수 있는, 권력을 휘두를 수 있는 존재로 그려진다. "무엇을 말하고 싶은지" "무엇을 말하고 싶지 않은지"는 그에게 중요하지 않다. '나'의 생각들은 모두 무시된다. 게다가 그런 일방적인 칼질은 다정하면서도 아름답고 우아하다는 걸로 위장되기까지 한다. 자신의 행동에 어떤 자책도 의심도 없이 '나'를 또박또박 잘라내는 '너'의 입술 또한 "아름답다"는 말로 포장된다. 그리고 '너'에 의해서 가차 없이 뱉어진 '나'는 아무런 저항과 반항도 하지 못한 채 "아름다운 저녁 속으로" 흩어진다. 권력의 이기심 앞에 우리는 이렇게 무기력하게 무너져야 하는 존재인 것이다. "아름답고 우아한 칼질", "아름다운 입술", "아름다운 저녁"이라는 역설적 이미지는 "너"라는 존재가 자신의 행위를 합리화하기 위해 꾸며놓은 위장된 언어이다. 우리는 이 위선의 덫에 걸려들어 어둠 속으로 자신의 존재를 빠뜨려 버린다. 시인은 권력과 위협을 표상하는 "칼질"이라는 행위와, 욕망과 유혹을 표상하는 "입술" 그림자를 지우는 "저녁"의 이미지들로 섬세하게 사회의 내부를 파고든다.

그러나 '너'의 문장 속에서 '나'는 지워지지 않는 글자이다. 늘 신경이 쓰이는 존재이기도 하고, 늘 신경이 거슬리기도 하는 존재라는 의미이다. 그가 '나'를 부를 때 내가 "나로부터 흘러나"오면 "나는 정말 그런 사람"이 되는 것이다. '나'의 정체성을 버리고 '나'는 '그'의 그룹에 소속되는 것이다. 그러나 결국 '너'와 '나' 사이에는 "열리지 않는 이중의 창문"이 가로놓여 있다. 창은 벽 너머를 바라볼 수 있다는 점에서 관통, 가능성, 바라봄을 상징하는데, 이 시에서의 창 역시 의식세계의 바깥을 바라본다는 의미로 읽을 수 있다. 굳이 "이중의 창문"이라 한 이유는 그만큼 화자와 타인 사이의 거리가 멀 뿐만 아니라, 소통 가능성이 희박하다는 것을 알려주기 위해서일 것이다. 그들은 다른 세계를 사는 존재들이다. '나'라는 존재는 그저 "아무도 없는 곳에서" "함부로 살해되는 모음과 자음처럼"

"벼랑에서 굴러 떨어지는 돌덩이처럼" "멸종된 이국어처럼" 죽어가는 것이다. 더더욱 구석으로 밀려나 잊혀지고 땅 속으로 매몰되는 것이다.

"아무도 피 흘리지 않는 저녁"과 "아무도 죽어가지 않는 저녁" 은 앞의 "다정하게, 아름답고 우아한 칼질"과 "아름다운 입술", "이상하도록 아름다운 저녁"으로 이어지면서 침묵이 흐르는 저녁을 피로 물들이는 수많은 일들이 '나'와 '우리'를 위협하고 괴롭히고 있음을 환기한다. "아름다운 저녁" 앞에 "이상하도록"이라는 부사어를 결합하는 시인의 의도가 모순과 폭력, 불안의 이미지로 뒤덮인 오늘의 사회를 여실히 들춰낸다. 폭력이 난무하여 파괴된 인간성이 날카로운 촉수를 들이밀고 있으며, 그럼으로 인해 사회의 불안이 고조되고 가치관의 혼란이 야기됨에도 불구하고 시인은 아무렇지도 않은 듯 아침이 오는 현실에 더 의문을 제기하는 것이다. "아무도"라는 부사어는 특정 부류가 아닌 불특정 다수의 소시민들이 희생당했음을 보여주는 역설적인 표현이다.

그래서 '나'는 결국 "폐휴지"로 살기로 한다. 여전히 그가 던진 문자들을 얻어맞으면서, '나'는 프란츠 카프카, 「변신」의 주인공 그레고르 잠자처럼 등껍질에서 고름이 흘러내리는 고통을 감내해야 한다. "그렇고 그런 사람"과 "그저 그런 사람" 사이에서 네 개의 다리를 가진 동물이 태어난다. 그것을 화자는 개라고 부른다. 개가 된 그림자가 "팽개쳐진 나"를 끌고 뒷걸음질 친다. 세상으로부터 '나'의 존재를 지워버리기 위해서. 여기서 개는 정신적 속성을 상실한 소시민적 삶의 속성을 암시한다고 볼 수 있다. 많은 사람들이 피를 흘렸음에도 "아무도 피를 흘리지 않는 저녁", "이상하도록 아름다운 저녁"이 된다. 더구나 시인은 "그런 사람", "그렇고 그런 사람", "그저 그럼 사람"들로 치부해 버림으로써, 주류와 비주류, 지배계급과 피지배계급, 가진 자와 못가진자의 괴리감을 강한 주제의식으로 부각시킨다.

이용 가치가 사라지고 노동 생산물을 빼앗기면 인간은 자연스럽게 사회에서 소외된다고 보는 마르크스의 개념처럼 이 사회는 거대한 물질 만능주의에 취해 인간의 진정성을 바라보지 못한다. 노동자는 자신의 생명을 담보로 한 노동 생산물로부터 소외당하는 현실이다. 게다가 요즘은 컴퓨터의 일상화로 인해 저마다 스스로의 세계에 도취되어 상대방과 진정한 대화를 하지 않는다. 누군지도 모르는 사람들에 의해 상처받고 자살을 하는 시대다. 이 시는 그러한 알레고리를 역설적 언어로 풀어가면서 현대사회의 모순을 들추며 우리의 반성을 이끌어 낸다.

“검은 사람들과 더 검어질 사람들이/ 서서히 낯빛을 잃어가는 숲길에”(「숲」)서 발걸음을 멈추고 하염없이 생각에 잠기며, 시인은 무모하게도 이중의 창 저편에서 ‘너’의 대답을 기다리며 두드림을 반복한다. 가면을 쓴 이들이 누군가를 뱉어내고 잘라내고 부수는 현장을 눈앞에서 지켜보면서 말이다.

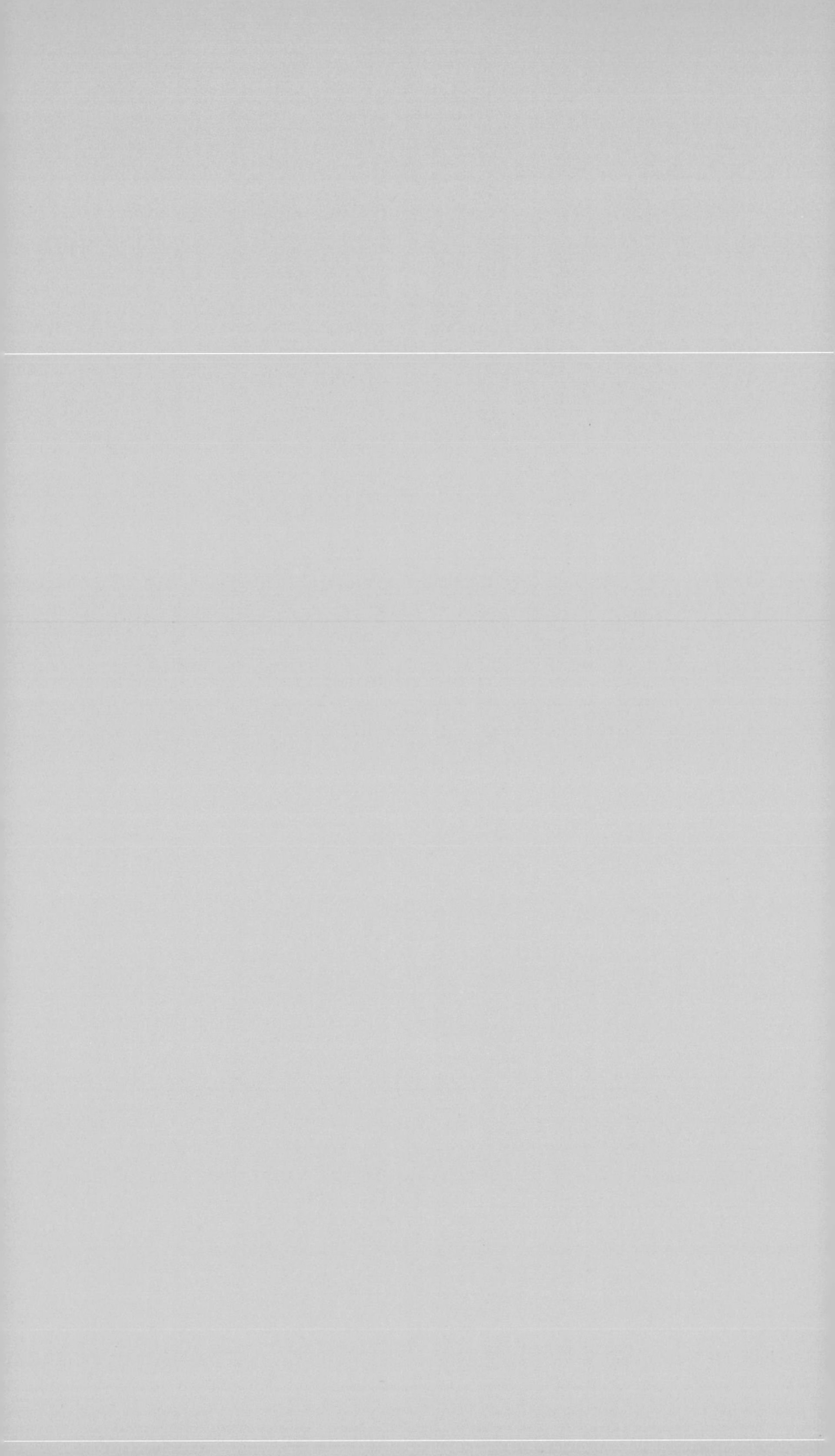